双葉文庫

金四郎はぐれ行状記

大川桜吹雪

井川香四郎

目次

大川桜吹雪　金四郎はぐれ行状記

第一話　桜ひとひら

一

秋風に大きな幟《のぼり》がパタパタと音を立てて揺れている。

勘三郎、団十郎、染五郎など様々な人気役者の名がずらり並ぶ幟の前に、立錐《りっすい》の余地もないほどの人々が集まって賑《にぎ》わっている。幅十間はある通りにも拘《かか》わらず、まるで芋洗い状態で、押すな押すなの大騒ぎである。

ここは、日本橋堺町。江戸で一番、いや日の本で一番の芝居町だ。

人形町通りの西にあり、歌舞伎《かぶき》の中村座や市村座、人形浄瑠璃《にんぎょうじょうるり》の薩摩座《さつまざ》などが建ち並んでいる。間口十一間の大きな屋根の上には、芝居小屋である目印の櫓《やぐら》が組まれており、櫓下看板、大名題《おおなだい》看板など勘亭流《かんていりゅう》の文字が躍っている。

当たり看板や浄瑠璃絵看板などが賑々しく鮮やかに飾られているのを見上げ

て、人々は羨望の溜息を洩らしながら歩いているのであった。

木戸番や通りを挟んだ所に並ぶ芝居茶屋は、演目や役者の名を連呼して、客を誘い込んでいる。もっとも、木戸番の声など聞かなくとも、お目当ての役者を一目見たさに、老若男女を問わず、どっと押し寄せて来るのが、堺町の日常である。雨が降ろうと、風が強かろうとお構いなし。むしろ、足元の悪い日に来る客の方が多いくらいだ。

「こういう日は客足が遠のくだろう。だから、俺たちが行ってやろうじゃねえか」

などと誘い合って来るのが江戸っ子の心意気なのである。だが、そういう客がまた多すぎて、鼠木戸《ねずみきど》という狭い入口から芝居小屋の中に入る時に小競《こぜ》り合いとなる。そこで気短な者たち同士の喧嘩が始まる。それもまた芝居の前座みたいなもので、楽しんでいるふうですらあった。

奥行き二十間の芝居小屋の中は、土間や桟敷《さじき》、羅漢台《らかんだい》などの客席と舞台があり、花道に乗り出すほどの満杯の客である。奇才と呼ばれた四世・鶴屋南北《つるやなんぼく》の"生世話《きぜわ》"という町人社会の暗部を描く、生々しい事件を素材にした芝居が大当たりしており、千両役者中村歌右衛門《なかむらうたえもん》の人気も相まって、まさに溢れんばかりの盛況だった。

その芝居が始まろうとした矢先、水を差すような事件が起こった。

南町奉行所同心・郡司源一郎《ぐんじげんいちろう》が、中村歌右衛門を楽屋から、まるで引きずり出すように奉行所へ連れて行こうとしたのだ。間もなく幕が開こうというときにである。歌右衛門は舞台化粧をして鬘《かつら》を載せていたが、そんなことはお構いなしで、まるで咎人《とがにん》を扱うように乱暴な仕草《しぐさ》であった。

「おいおい！　何しやがるンでえ、この唐変木《とうへんぼく》！」

「何のつもりだ！　歌右衛門を放しやがれ！」

「町方なんぞ、とっとと帰れ、ばかやろう！」

あちこちから罵声が飛んで来るが、郡司源一郎はその垂れ下がった頬をぶるっと震わせたものの、素知らぬ顔で歌右衛門に縄を掛けた。そして、引き連れて来ていた捕方に、野次馬を追っ払わせると、

「こやつは畏れ多くも上様を愚弄《ぐろう》し、徳川幕府に矢を向けた不逞《ふてい》の輩《やから》だッ。庇《かば》う者も同罪とするから、文句がある奴は奉行所へ来い。いつでも相手になってやる」

といかつい顔をじろりと向けるのであった。

郡司はタチの悪い同心として知られている。袖の下同心と言われて平然としている男である。しかも、ひとたび疑わしい者を捕らえたら、たとえ年寄りや女であっても拷問に拷問を重ねて罪を認めさせる。

それくらいのことをしなければ、悪人は正直に白状しない。少しでも情けを見せるとつけあがって、逆に人を傷つけることがある。そう主張して、いたぶることに関しては決して手を抜かなかった。

関取のような体に濃い眉毛で少し赤ら顔なのが、いかにも歌舞伎に出て来そうな悪役の面《つら》だからか、芝居町の者たちには好かれていなかった。いや、嫌われていた。

この芝居町は、寛永《かんえい》十一年（一六三四）に上堺町に村山座が建てられ、後に葺屋町《ふきやちょう》となる下堺町には中村座、天保十三年（一八四二）浅草猿若町《さるわかちょう》に移転するまで、森田座や山村座のあった木挽町《こびきちょう》五丁目とともに、江戸っ子にはなくてはならない歓楽街だが、吉原《よしわら》と同じく悪所と呼ばれていた。

悪所とは、別に悪い人間が集まるというのとは少し違う。仏教でいう、修行をする者以外は入ることのできない〝結界〟の意味合いが強い。

堺町は、新材木座、楽屋新道《がくやしんみち》、新和泉町、新乗物町、岩代町、芳町《よしちょう》などと隣接をしているが、その間は吉原のように掘割や塀で隔離されており、ひとつの別世界が形成されていた。

つまり、堺町には芝居に携わる者しか住んでいないのである。芸は一生修業だという。その独特な世界が、俗世間とは違うという意味で〝結界〟なのであろう。

しかし、そうなると自然と世間の目に触れることは少なくなり、場合によっては吉原のように、咎人が逃げ込んで隠れてしまうという弊害もあった。芝居町には、堺町自身番があって、腕も度胸もある家主が、何人もの岡っ引を雇って治安に当たっていたが、それを束ねているのは、同心の郡司である。本所方のように、定町廻りとは違った独特の雰囲気があった。

「どけい。道を開けろ」

と郡司が凄んで、歌右衛門を縛った縄をぐいと引いたときである。

「待て待て、待てえ！」

芝居がかった声で、大通りを駆けて来る一人の若者がいた。

縞模様の着流しに雪駄《せった》、潰し髷《まげ》に、二尺はあろう煙管《きせる》を帯に挟んだ姿で、韋駄《いだ》天《てん》で向かって来る。涼しい秋風だというのに、奴の走った跡には土埃が激しく舞っている。

「どけどけい！　こら、待ちやがれ、すっとこどっこい！」

　張りのある声に、ぎっしりと人がごった返している大通りがパカリと割れて、まるで花道のようになった。そのド真ん中を、まだ二十歳過ぎくらいの若造が、凛々《りり》しい顔を怒りで苦々しく歪めて、物凄い勢いで突っ走って来た。

「待てってんだ、このやろう！」

　と駆けて来た勢いのままで、関取のような郡司の体にドンとぶつかった。さすがに郡司もよろりとなったが、四股《しこ》を踏むような格好で踏ん張り、

「なんだ、若造ッ。この俺に盾突こうというのか」

「あたりきしゃりきの、こんこんちきよッ」

　若造もずいと背を伸ばせば、郡司には及ばないものの、なかなかの偉丈夫《いじょうぶ》。まだまだ線は細いが、腕っ節には自信があるのであろう。はだけた袖から見える二の腕には、なかなか張りのある力瘤《ちからこぶ》がある。

「やいやい、木偶《でく》の坊《ぼう》。てめえ、何の思惑があって、歌右衛門さんを咎人に仕立てようってんだ、エッ。一体、何をしたってンだ。言えるものなら、言ってみやがれ！　ほれ、言えめえ。どうせ、てめえのノミの脳味噌くれえの頭じゃ、何も

考えることができねえから、どうでも無理矢理、奉行所に連れてって、ありもしねえ罪をおっ被せようって魂胆なんだろうが、そうは問屋が卸さねえぜ」

「なんだ、おまえは……」

捲《まく》し立てられた郡司が少し戸惑うのへ、野次馬の中から、

「やれやれ！　金公！」「腕の一本や二本、折ってやれ、金の字！」「ヨヨッ。暴れ馬の金四郎！　日本一！」

などと後押しの大声が次々と飛んで来る。これまた大向こうから役者に声をかけるような芝居がかった声である。

「金四郎というのか」

郡司が目を細めて睨《にら》みつけると、金四郎も負けじと睨《ね》め返して、

「そうよ。そんなに珍しい名かい。おう、その歌右衛門さんは、俺にとっちゃ一宿一飯どころか、十泊も二十泊もさせて貰った大恩のあるお方だ。黙って町方に連れて行かれるのを見てるわけにはいかねえんだよ」

「元気なのはいいがな、あんちゃん。怪我をしねえうちに、うちに帰ってオシメでも取っ替えてもらうんだな」

「帰る家なんざねえよ。だから、この芝居町をねぐらにしてるんじゃねえか、お

う、町方の旦那だからって偉そうにして貰っちゃ困るぜ。ここ堺町は、芝居の町、役者の町なんだ、エッ。夢の町なんだよ。それを土足で踏みつける奴はたとえ十手持ちであろうが、いやさ、将軍様であろうが、この俺が容赦しねえンだよ！」

呆れて聞いていた郡司は、相手にせぬとばかりに鼻先で笑って、

「どけ」

「いや、どかねえ」

「どけい！」

思わずテッポウのように突き出した郡司の腕を軽く金四郎は避けた。

途端、ぐらっと前のめりに倒れそうになったのを、捕方たちが三人掛かりで止めた。カチンと来のか、郡司は眉を寄せて振り返ると、

「若造……俺を怒らせると血を見るぜ」

「ああ、見るだろうよ。あんたのそのへちゃむくれな鼻の穴から流れる血をよッ」

「なめるな！」

郡司は十手を突き出して、金四郎の鳩尾《みぞおち》を突こうとしたが、それもスイと一寸

で見切って跳ねてかわした。そのまま歌右衛門の縄を持っている捕方を足払いして倒した。その隙に、歌右衛門を傍らで見ていた木戸番の次郎吉《じろきち》に引き渡すと、

「ほら、次郎吉の兄貴。客が首を長くして待ってるぜ。さ、歌右衛門さんを舞台に連れてってお上げなせえ」

と言うと、愛嬌《あいきょう》のある笑みをニコリと洩らした。

「金の字。後で蕎麦《そば》、奢ってやっからよ」

次郎吉は小柄な体で精一杯、歌右衛門を庇うように構えながら、少し出ている前歯をカチカチ鳴らした。そして、独特の嗄《しゃが》れた声で、

「どけどけい！　歌右衛門が花道をお通りだア！」

と調子よく人を掻き分けながら、楽屋口の方へ急いだ。

「待たぬか」

苛立った顔で追おうとする郡司の前に、金四郎が不敵な顔で立ちはだかった。睨み上げるその目は、その辺のならず者とは格の違う鋭さがあった。しっかりした骨格の顔も、男前というよりは味わいのある風貌である。

「郡司の旦那。あんたの狙いは分かってるよ」

「なんだと？」

「どうせ、水野様《みずの》にケツを叩かれて、〝役者狩り〟をやらされてるンでしょうが。町奉行所としても辛いところざんしょ？」

水野様とは老中首座・水野出羽守忠成《でわのかみただあきら》のことである。水野出羽守が就任するや、

——水の出てもとの田沼《たぬま》となりにける。

と人々は落首を作って、賄賂《わいろ》政治に戻ったことを揶揄《やゆ》した。水野出羽守は徳川譜代の沼津藩主で、奏者番《そうじゃばん》、寺社奉行、若年寄と出世をして来たが、寛政《かんせい》の改革を断行した名老中松平定信《まつだいらさだのぶ》の世から、それ以前の田沼時代に遡《さかのぼ》ったように腐敗と汚職を蔓延《はびこ》らせていた人物である。

この頃は、将軍家斉《いえなり》の奢侈《しゃし》や国内外の動乱や海防費などによって、幕府財政は破綻《はたん》するかもしれないほど危機に陥っていた。とはいっても、増税を続けるわけにもいかないので、殖産興業や貨幣改鋳によって現状を打開しようとしていたが、それも付け焼き刃。度重なる貨幣の改鋳によって、金の相場などが不安定になった上に、貨幣の大量流出によって物価が高騰し、農村と江戸の貧富の拡大が広がり、無宿人が増えるという荒廃した社会現象も起こっていた。

よって幕府に対する不満が増し、そのはけ口は芝居の中でも語られるようにな

る。芝居小屋の座元や浄瑠璃などの作者に、幕政に対する批判の意図はなくとも、権力側は悪意に解釈して、芝居者たちに弾圧を加えるようになってくる。

「そんな事をしても旦那、俺たちゃ恐くも何ともねえんだぜ。なあ、そうやって虐《いじ》めてくるのは……」

と胸をポンと威勢よく叩いて、

「俺たち町人や百姓の心の中が恐い、そう言ってるも同じなんだ。違うかい」

「若造。いい加減にしねえと吠え面かくことになるぞ」

「かかしてみろってンだ。俺はな、背中を掻いても恥をかくことはするなって、おふくろに言われて育ったンだよ。だからな、ここで、あんたに歌右衛門さんを訳もなくお縄にされるのを黙って見ることの方が恥なんだ。あんたこそ、とっとと帰ってくれ」

そうだそうだ、帰れ帰れと、人々の声が大きな輪となり、あたかも人の壁が幾重にも重なって、巨漢の郡司を押しつぶそうかという勢いであった。郡司は軽く唇を嚙んだが、

「金四郎とやら、おまえごときには分からぬことが世の中には五万とあるのだ。歌右衛門を捕縛に来たのも、芝居の内容がどうのこうのじゃない。この前の幕閣

襲撃の下手人が、この町に逃げ込んだ。そして、それを庇った疑いがあるから、俺は調べに来たのだ」

「襲撃?」

「貴様らもよく聞けぃ!」

郡司は野次馬たちに精一杯虚勢を張るように胸を突き出して、

「いいか。賊を隠せば、おまえらも三尺高い所へ行くと心得ておけ。今日のところは退散するが、今度、俺の顔を見たら痛い目じゃ済まねえと覚悟しとくんだな」

と言い放つと、太い両腕で人々を押し分けて立ち去った。

「おととい来やがれ、すっとこどっこい」「だらしねえ。尻尾《しっぽ》を巻いて逃げてやがらあ」「二度と顔を見せるな、でぶ」

などと好き勝手な罵倒を投げつけたが、郡司は薄笑いすら浮かべていた。野次馬たちはその不気味さに一瞬、血の気が引いた。

——しつこく食らいつくスッポンのような、血も涙もない同心。

だということを思い出したからである。

「……幕閣襲撃」

という言葉を、金四郎は何度も口の中で繰り返していた。

二

その事件があったのは、十日程前のことである。

小雨に煙る江戸城大手門から、黒塗りの武家駕籠《かご》がゆっくりと出て来た。既に暮れており、秋の釣瓶《つるべ》落《お》としというように、俄《にわか》に辺りは真っ暗になって、煌々《こうこう》と焚《た》かれている篝火《かがりび》は、虫が飛び込むたびにジリジリと不気味な音を立てていた。

家臣、中間、挟み箱持ちなどが続く老中・青山忠裕《あおやまただやす》の行列である。警護には家臣のみならず、幕臣たちも細心の注意を払いながら、幾重にも警戒していた。というのは、この数ヶ月の間に何度も、

――青山忠裕は幕閣から去れ。さもなくば妻子の命はない。

と過激な者たちから、脅迫されていたからである。幕閣に脅しをかけるとは、封建社会にあって只ならぬことであった。

しかし、青山忠裕に関しては少し複雑な事情がある。青山は松平定信の寛政の改革において、なくてはならない人物であった。しかも、将軍家斉が太政大臣に

なるために様々な尽力をした老中であり、朝廷と幕府の関係を中心に政務を司《つかさど》った人物であった。

丹波篠山《たんばささやま》五万石の城主であった青山は、松平定信の後継者、つまり〝寛政の遺臣〟として清廉潔白《せいれんけっぱく》な政治を続けていたが、有力者の水野忠成が老中首座になった途端、勝手掛《かってがかり》老中の座から引きずり下ろされてしまった。そして、水野は質素倹約政治から、田沼時代のような金権政治を復活させたのである。

ところが、やがて青山は再び、老中として返り咲き、水野を制御する役割を担っていた。松平定信の遺臣でありながら、水野体制で幕閣の中枢で働けたのは、家斉の助言もあったが、庶民を第一に考えた行政手腕と温厚な人柄のためだという。

その青山の行列の前に、蓑笠《みのかさ》を被った町人の夫婦者が近づいて来た。小雨ではあったが、蓑笠をつけるほどではないので、家臣は不審に思って前に出て、

『何者だッ』

と威嚇《いかく》するように立ちはだかった。武家の登城や下城の折には、鞘袋をしているのが普通であるが、何度も怪しげな集団を見かけていて警戒を深めていた供侍たちは、すぐにでも刀を抜けるようにしていた。

『青山丹波守様！　是非、是非、私どものお願いをお聞き届け下さいませ！』

哀願して武家駕籠の行く手で土下座をした。

『無礼者ッ。下城中である。貴様らは町人であるな。御老中への嘆願ならば、まずは町奉行所へ届け出るがよい』

家臣は居丈高《いたけだか》に怒鳴った。

『ご無礼は承知の上でございます。しかし、我らは江戸の者ではありません。丹波篠山から出て参った者でございます』

『ならば、江戸上屋敷に書面にて……』

と家臣が言いかけたとき、駕籠の中から、青山忠裕の声が洩れた。

『構わぬから、聞いてやれ。領民ならば、尚更だ』

駕籠の扉が開いて、忠裕が顔を出した。初老だが精悍《せいかん》な顔立ちで、髷《まげ》や鬢《びん》に白いものが混じっているのは、むしろ熟年の貫禄を引き出していた。

『願い事とは何じゃ』

夫婦者の女房の方が、高貴な人に出会ったという緊張の面持ちになって、少し震える手で嘆願書を差し出した。もちろん素手ではない。竹の先に挟んで、ゆっくりと近付いた次の瞬間、亭主の方が蓑に隠し持っていた刀を抜き払うと、いきなり家臣に斬りつけた。

『うわあ！』

家臣が悲鳴を上げると同時に、物陰や路地に潜んでいた数人の浪人たちが、物凄い勢いでドッと青山の駕籠目がけて襲って来た。覆面をしたり、頬被りをしたり、中にはひょっとこやおかめの面をつけている不埒者《ふらちもの》もいた。だが、その腕前は生半可《なまはんか》ではなく、一撃必殺の技で、供侍たちの急所を誤りなく突き、斬っていた。

『な、何者だッ。無礼者！』

一瞬の出来事に、警戒を深めていたはずの家臣たちも、馬糞《ばふん》でも踏んで滑るように腰砕けになった。慌てて刀を抜いたが、相手の勢いがあまりにも強くて、及び腰になってしまう者も多かった。

青山は武家駕籠の扉を閉じるどころか、気丈にも出て来て、素早く抜刀して懸命に応戦しながら、

『貴様らッ、もしや！』

と突然の襲撃に、ある疑念を抱いた次の瞬間、女房役が短筒《たんづつ》を取り出して狙いを定めるや、ダン！と発砲した。

無言のまま目を見開いて、のけぞって倒れた青山に、『天誅《てんちゅう》！』と亭主役の男が止めを刺そうとした。青山は必死によけようとしたが、僅かに脇腹を掠《かす》って、血がどくどくと流れてきた。もう一度、刺そうと亭主役は刀を引こうとしたが、その柄をガッと摑んだ青山の腕力は意外に強かった。

城の役人たちが何人も血相を変えて加勢に向かって来る。

『待て待て！』

『この狼藉者《ろうぜきもの》！』

『おのれ、逃がすな！』

その声に賊一味は、『引け、引け』と叫び、浪人たちも蜘蛛《くも》の子を散らすように逃げ出した。

青山の胸と脇腹からは、鮮血が流れてなかなか止まる様子はない。敵が一斉に逃げたのを見届けると、張りつめていた気が緩んだのか、青山はがくりと膝をついて、そのまま地面に前のめりに倒れた。

賊が懸命に逃げるのを、偶然、通りかかった南町同心の郡司が見かけたのは、そんな騒ぎの直後だった。城の門番役たちに後押しされるように追ったが、賊は日本橋蠣殻町《かきがらちょう》辺りまで来ると、小さな掘割の石段に繫いであった小舟に飛び乗り、そのまま離岸して逃げた。

頭目格の男と浪人ら数人を乗せた舟は、素早く櫓《ろ》を漕いで、側道のない流れの方へ逃げて行った。

『こら！　待て！　神妙にしやがれ！』

と郡司たちは叫んだが、虚しく蔵の外壁に反響するだけであった。

『待てえ！　逃がしはせぬぞ！』

すぐ近くにあった別の小舟に乗って追おうとしたが、乗り込んで櫓を摑んだ途端、ずぶずぶと泥の舟のように沈み始めた。敵は予《あらかじ》め、使えぬように細工をしていたらしい。

次第に遠ざかって行く小舟を、役人たちは悔しそうに見送らざるを得なかったが、郡司だけは、

──芝居町に逃げやがる気だな。

と勘づいていた。

このところ、盗人《ぬすっと》や他の殺しなどの下手人も、堺町に逃げ込んでは、そこで潜むように暮らしているのである。しかも、芝居町の一角には、何処《どこ》かは分からないが、〝般若《はんにゃ》の十蔵《じゅうぞう》〟という闇の元締めがいて、犯罪者を匿《かくま》っているという噂が

ある。十蔵は、近年増え続けている無宿者の面倒を見ていて、世間とは隔絶した裏社会の顔役として君臨しているとも言われている。

だが、まだ誰もその男の顔は見たことがない。実は、中村歌右衛門こそが、本当はそうではないのかという根も葉もない噂が流れたこともある。それほどに、〝般若の十蔵〟とは謎めいた存在であるのだ。


その翌日早々、老中首座・水野出羽守を中心に老中、若年寄、三奉行に大目付ら幕閣の重職が閣議の間に打ち揃い、老中・青山忠裕襲撃について喧々囂々《けんけんごうごう》と意見を交わしていた。

老中首座の水野出羽守は神経質そうな険しい顔で、居並ぶ重臣たちから、探索の情報を集めていた。

「早速だが、青山殿が襲撃された事件につき、新たな報告を聞きたい」

南町奉行の越智《おち》備前《びぜん》が進み出て、いかにも〝警察官僚〟のような一分の隙もない目つきで、探索の状況を話したが、結局、

「嘆願を装った町人と、色々な面を被っていた浪人たちの行方は、いまだ杳《よう》として摑めませぬ」

「芝居町の堺町に逃げ込んだという報せもあるが？」

水野出羽守は隠密を使って調べていたことを臭わせた。町奉行の探索の鈍さに、少々、苛立っているようである。水野出羽守は気に入らないことがあれば、すぐさま怒りを露わにして、罷免《ひめん》を申しつけることもある。まさに暴君のような態度だが、上様に気に入られていることを盾に、平然と無理難題を突きつけるのである。

武勲者との誉《ほま》れ高い町奉行の越智備前にしても恐れるほどで、額に汗をかきながら懸命につづけた。

「北町奉行の堀部《ほりべ》様共々、鋭意探索をしている最中ですが、それらしき者は見つかっておりませぬ」

「妙だな。芝居町には、賊を追った同心の行方も分からないというではないか」

「はい」

「ならば、町を地面ごとひっぺ返しても探し出せ。町方同心に限らず、誰も彼もが消える町ならば尚更だ」

「今一度、厳しく探索致します」

「探索とは下手人を挙げることだ。調べましたがいません、では済まぬ。今度《こたび》は、町人に被害が出なかったのが幸いだが、老中の命が狙われ、その家臣が二人死んだのだ。生ぬるい調べでは、わしが承知せぬ」

「承知しております」

「そもそも、青山殿が何故に命を狙われたのか、ご一同は承知しておられるか」

「……」

「ここ三月《みつき》余り、大店《おおだな》の蔵ばかりを狙った盗賊が横行しておる。時には人を殺す残忍な手口で、逃げ惑う商人とその家族を、次々と様々な面を被った浪人たちが、斬り殺したというではないか。その賊の隠れ家が、堺町の何処かであるなら、もっと厳しく調べるべきではないか」

「はい――」

「賊は盗み出した千両箱を、芝居町の中に隠したに違いない。役者は御公儀から、特別な扱いを受けておるゆえな、渡世人やならず者と組んで、悪さをしているやも知れぬ」

「さようなことは、ありますまい……」

と越智備前はむしろ、芝居に携わる者たちを庇うように、「さような邪心がある者たちに、芝居ができるわけがありませぬ。むろん、〝結界〟をよからぬことに利用している悪党がいるかもしれません。しかし……」

「しかもかかしもない。現実に青山殿は襲撃されたのだ。しかも、その青山殿は、立て続けに起こった盗賊一味が、芝居町に逃げた、そう割り出して様々な手を尽くし、盗賊を操る男を洗い出し、あと一歩という所まで追い詰めていたというのではないか」

「あ、はい……」

「その矢先の事件であるぞ。畏れ多くも幕府に盾突く卑劣極まりない奸賊《かんぞく》を、見逃している町奉行なんぞ不用じゃ」

「申し訳ありませぬ。鋭意、探索します。芝居町は、二間幅の掘割や土塀で囲まれてはおりますが、公儀の軍勢ならば一挙に潰すこともできましょう」

「……」

「しかし……芝居小屋や見世小屋が建ち並ぶ街で、つましく暮らしている町人も多く住んでおります。土足で人の家に踏み込む真似をして、根こそぎ浚《さら》って、住人に迷惑をかけるのは避けたいと思います」

「甘い！　それが奉行の吐く言葉か！」

と水野出羽守は感情を露わにして、

「よいか。相手は血も涙もない賊なのだ。放置しておけば、それこそ住人に迷惑がかかるであろう。黒幕は……おそらく、中村座の座頭《ざがしら》であろう」

「まさか、それは……」

「ないと申すのか、越智」

「私の調べでは、般若の十蔵という者が差配している節があると」

「なんじゃ、それは……あるいは、その者が中村座の座頭の別の顔やもしれぬぞ。引っ張って叩くがよい」

「そうしようと思ったのですが、芝居町の者たちは、名優たちを守るために、激しく抗《あらが》っているらしく……」

「遠慮はいらぬ。堂々と捕らえて、白状させればよい。般若の十蔵とは、中村歌右衛門です、とな」

　と水野出羽守は確信に満ちた笑みを洩らして、喉の奥で不気味に笑った。

三

　老中の青山丹波守忠裕が瀕死《ひんし》の重傷であることは、江戸庶民の耳にも届いていた。

その報に、人々は嫌な気分に陥っていた。なぜならば、青山は松平定信のような賢人政治をしてくれていると思っていたからだ。水野出羽守の強引な手法は、町民から見ても厳しく辛いことに他ならず、青山がいるからこそ安心できていた。ゆえに、

――早くよくなって幕政に戻って欲しい。

というのが庶民の偽らざる願いであった。それほどまでに下々《しもじも》の者たちに慕われていた老中である。もちろん、大衆の芝居や浄瑠璃、落語などにも理解を示していた。そんな御仁を、芝居町の者が襲撃するはずがない。よしんば、そのようなことをする輩が、芝居町に潜んでいたとしたら、

「この俺が黙っちゃいねえ」

と金四郎は胸を叩いていた。

「おまえは、大体が大風呂敷を広げ過ぎるンだよ。第一、どうやって遊び人のおまえが、幕府の重職たちをも恐れさせてる賊をとっ捕まえようってんだい」

兄貴分の次郎吉が、芝居がハネた小屋を掃除しながら言った。

次郎吉は中村座の木戸番をしている。木戸番とはいっても、ただ呼び込みをす

るだけではない。木札を渡したり、下足番の代わりをしたり、弁当の手配をしたり、はたまた掃除をしたり、役者のご機嫌を取ったり、体を揉んだりと結構、根気と体力のいる仕事なのである。

金四郎が一体、何処の何者かは知らないが、ぶらりと芝居町にやってきたのは、もう三年も前になるだろうか。日がな一日、芝居や人形浄瑠璃を観て回っては、泣いたり笑ったりしているガキがいるというので、役者や裏方などは、不思議に思っていた。

「坊主、何処の誰だい。どうやって暮らしてンだい、え？」

と大人たちに聞かれても、

「へえ。親に勘当された身でやして、この町に流れ着いてから、他人様《ひとさま》のお情けにすがって生きている半端者でござんす」

などと軽く受け流すだけで、素姓はまったく分からなかった。いわば、迷い込んだ野良犬が、人々に可愛がられているうちに居着いてしまったというところか。

時折、ぷいと数日、姿を消すこともあったが、またぞろ舞い戻って来て、次郎吉の小間使いをしていた。

次郎吉との出会いは、ちょっとした糯袢泥棒を一緒に捕まえたことがきっかけだった。

「嘘つきは泥棒の始まり。糯袢泥棒は手籠めの始まりと言ってな、殺しの次に悪い奴らなんだ。この俺が性根を叩き直してやる」

と金四郎は、自分よりも十以上も年上の糯袢泥棒に懇々《こんこん》と説教したが、その後何事もなかったように解き放ったのであった。次郎吉は、ここぞとばかりに叩きのめしてやろうと思ったのだが、意外にも情けをかけた金四郎に、

「おまえ、なかなか見所があるぜ」

と子分にしてやったのである。

もっとも、次郎吉は芝居町にあっても、三下《さんした》だったので、てめえの手下が出来たってことで喜んでいただけなのだが、金四郎は腕っ節も強ければ、弁も立つということで、芝居仲間にはあっという間にその存在が知られることとなった。

あっちの小屋、こっちの人形芝居小屋、はたまた茶屋などから声がかかり、面倒があった時のケツ持ち、つまりは用心棒代わりをして、小銭を得ていたのである。

時には、座席を争って、どこぞの顔役同士が喧嘩になることがあっても、飄《ひょう》

然《ぜん》と間に入る金四郎は、

「たかが芝居見物で縄張り争いをしちゃ、親分さん方の名折れになりやす。ここは芝居の町、つまりはハリボテみたいなものですから、マジになっちゃいけやせんや。ここんところは、この金四郎にお任せ下さいやせんか」

と、うまく言いくるめるだけではなく、特別な席を用意して二人ともに満足させる。そういう〝人たらし〟のところがあって、色々な年輩者に好かれるのであった。

芝居小屋の座元や役者、戯作者《げさくしゃ》や裏方の幹部たちはもとより、堺町自身番の大家や岡っ引たち、芝居茶屋の旦那衆やかみさん連中にも、可愛がられていた。そこが、他の便利使いとは違ったところだが、決して鼻を高くすることなく、いつまで経っても、次郎吉を兄貴と奉《たてまつ》っていた。

中でも、堺町の町名主も兼ねている、萩野八重桜《はぎのやえざくら》という女形の役者は、金四郎の態度に接するたびに、

——ただならぬ若い衆だ。いずれ、大きな事をなすだろう。

と見抜いていて、事あるごとに周りの人たちに話していた。もっとも、自分の側に居させようとはしなかった。付かず離れずの関わりを続けていたのである。

　萩野八重桜とは、名優萩野八重桐《やえぎり》の流れを汲む女形役者である。八重桐とは、男のために苦労してやつれる役を十八番《おはこ》とした女形で、『ひがん桜』という狂言で大好評を得て、上方《かみがた》の坂田《さかた》藤十郎《とうじゅうろう》風のヤッシ芸や独特の長ぜりふの芝居を完成させた役者として知られている。

　歌舞伎と人形浄瑠璃は、それぞれがお互いを刺激し合いながら、その芸に磨きをかけてきたが、八重桜は、歌舞伎が人形浄瑠璃の先駆けであると確信していて、決して〝趣向取り〟や〝狂言取り〟をせずに、自分なりに新しい歌舞伎を生み出すことに精力を尽くしていた。それゆえ、贔屓《ひいき》にしてくれる客が大勢いたのだが、その人気に溺れることもなければ、客の好みにおもねることもなかった。そこが、この女形の魅力だったのであろう。

　舞台の上では、まさに博多人形のような女なのだが、普段はどこにでもいるおじさんだから不思議である。よほどの贔屓でも、その素顔は知らない。舞台と日常をきちんと分けた二つ顔を持つ萩野八重桜ゆえに、謎めいていて人気に翳《かげ》りは見られないのだ。

「しかしよ、金の字……おまえも、そろそろ身を固めなきゃなるめえな」

　女房を貰えという意味ではない。チンピラの使いッ走りではなく、きちんと生業《なりわい》に就けというのである。

「へえ、でもね、次郎吉の兄貴。俺にはどうも、この仕事を一生しろって押しつけられるのが大の苦手でしてね、今日は今日、明日は明日の風に乗って暮らして生きてえんですよ」

「そんな浮き草稼業もいいが、周りを見てみろ。若い頃はそれでいいが、仕事もなく連れ合いもなく子供もなくってのは、寂しくって惨めなもんだぜ」

「そういう兄貴だって、女房も貰わなきゃ子もいねえじゃないですか」

「俺には、中村座木戸番頭って、天下に誇れる仕事があらあ」

「あれ？　いつから〝頭〟がついたんです？」

「いいじゃねえか、小さなことは。酒の肴にゃ尾鰭《おひれ》がついてンだよ。ああ鯛のお頭《かしら》つきもいいがな」

とミソッ歯で笑ってから、少しだけ深刻な顔に戻った。

「それより、金の字。青山丹波守様の容態だがな、まだ、意識が戻ってねえとか。あの御仁は、何かと芝居のことに気を配ってくれてた。その人がいなくなったらよ、この芝居町を取っ払って、他の所へ移そうって魂胆も御公儀のお偉方の中では話されてるらしいぜ」

「そうらしいですね」

「他人事みてえに言うなよ。そうなりゃ、おまえの居所もなくなる」

金四郎のねぐらは何処かはっきりとは決まっていない。ある時は芝居小屋の楽屋、ある時は湯屋の二階、ある時は茶屋の娘の長屋に転がり込んでいる。

「そりゃ困っちまうな。俺は、芝居が好きだからな、できれば一生、芝居の中で暮らしていきてえくらいだ」

「だからよ、そんな暢気《のんき》なことも言ってられなくなるかもしれねえんだ。事実、町触れが出て、青山様襲撃の探索のために、もっと強引に調べられることになりそうなんだ。もし、この芝居町の中に、盗人一味の隠れ家があったりしてみな。これ幸いと一網打尽《いちもうだじん》だ。関わりのねえ役者やその家族たちも、この江戸から追い出されるに違いねえ」

「そんなことがあっちゃならねえ」

「な、おまえだって、それくらい分かるだろ？」

「どうせ、お上は、幕府を批判するような芝居をする奴らを、どこか遠くに追いやるのが狙いなんでしょうよ。そうすることで、少しはお上への風当たりを弱くするつもりでしょう」

「そうなのか?」

「幕閣のみならず、旗本も躍起になってやすぜ。そもそも、旗本の中には、芝居を観たがる者も少ない。毎日毎日、つまらぬ書物を抱えて、どうでもいいことを、ああでもないこうでもないと、バカみたいに同じ所をぐるぐる回ってる」

「……」

「挙げ句の果てに、上役の鶴の一声で、前言を翻《ひるがえ》して平然としているどころか、町人たちが困っていようが、『仕方がない、これが御政道だ』などと、ふざけた事を涼しい顔で言いやがる。そんな奴らは、芝居を観て、心の中を洗うってことも知らねえんだろうよ」

「おい、金の字」

「へえ」

「おまえ、なんで、そんなにお旗本の方々の気持ちが分かるんだ?」

「なんでって、俺は旗本生まれの旗本育ち。嫌でも無粋な親父を見て暮らしてるうちに、そんな一生は御免だねと思ったまでで」

「旗本生まれの旗本育ちだとオ……」

次郎吉はまじまじと金四郎を見つめて、体をぐらぐらと揺すった。頭の中から

〝バカと書いた駒〟でも出て来るのではないかと、何度も振ってから笑った。

「本当に大風呂敷を広げやがるな、てめえはよう。俺の〝頭つき〟なんざ、小せえ小せえ。そうやって法螺《ほら》を吹くのも結構だが、もう少し真面目に身を固めろ。でねえと、芝居町でも相手にされなくなるぞ」

そう次郎吉は諭《さと》してから、話を青山の事に戻した。

「とにかく、早く意識が戻って欲しい。幸い急所は外れたらしいが、まだまだ危ねえらしいからな」

「御当人が一番の無念だと思いやすよ。青山様は元々、お体が丈夫なお人ではない。しっかりと養生して貰わなければね。それこそ、このまま死んだら、無念でしょうよ」

「おいおい。本当に大丈夫か？」

「は？」

「だからよ、まるで青山様を知っているロぶりじゃねえか」

「二、三度しか会ったことはありやせんがね、幕府のお偉方とは思えねえほどの、心の優しいお方でしたよ」

「バカも休み休み言え。おまえの戯《ざ》れ言《ごと》にゃ、付き合い切れねえよ」

次郎吉が呆れ顔になるのへ、金四郎は真顔のまま続けた。

「でもね、兄貴。俺には、この青山様襲撃の裏には、別の狙いがあるような気がしてしょうがないんですよ」

「はあ？」

「あまりにも用意周到。盗賊一味がお上憎しでやったことじゃないような気がするんですよ」

「どういうことだい」

「狙うのなら、探索を実際にやっている町奉行を狙えばいいことだし、その上を狙うなら、むしろ水野出羽守の方だ」

「おいおい。めったなことを言うなよ」

と次郎吉は少しびくついた顔で、辺りを見回した。何処で誰が聞いているか知れないという怯えようだ。それくらい、公儀の目に見えない圧力が少しずつ、庶民の間に広がっているということだ。

「とにかく、俺はただの盗賊の恨みではないと思いやす」

「金の字……おまえ一体、何を考えてんだ？　あんまり余計な事をしねえ方が、身のためだぞ、おい」

「とにかく、もし芝居町の中に、盗賊の砦《とりで》があるのなら、俺たちの手で摘み出さなきゃ、それを理由にますます公儀から、あれこれごり押しされるってことですよ」

「そんなこと言っても、おめえ……」

「何を弱気なことを。ね、次郎吉の兄貴がこの芝居町を守ろうって言ったんじゃねえですか。所詮は盗賊なんざ、性根がねえから、盗みを働くンだ。肝っ玉は小せえ輩なんですよ」

金四郎はまるで探索を任された岡っ引のような顔になって、次郎吉の肩を軽く叩いた。だが、次郎吉は、

――金の字は、何を考えているかサッパリ分からない。

というふうに首を傾げた。

四

数日後、中村座の前には、御祝いの花輪や角樽《つのだる》が道端にはみ出すほど飾られていた。江戸町年寄をはじめ、越後屋や上総屋《かずさや》、相模屋《さがみや》など江戸で指折りの呉服屋

や両替商、油問屋などの豪商の名がずらりと並び、その贔屓の質の良さを誇っているようだった。

だが、萩野八重桜が舞台を前にして行方が分からなくなった。町内の外れに住んでいる八重桜は、四十半ばだが独り者で、下男を一人だけ置いている。弟子は三人いたが、先に芝居小屋に出ていたので、八重桜が何処へ行ったか分からないという。

「遅いなあ、師匠は」

と弟子の蓑助や勘八らが心配していたが、一向に現れる気配はない。

「まったく。今日は、新しい演目のお披露目なのに」

「本当ですよ。江戸中のお歴々からも祝儀をたんまり戴いてるというのに、これじゃ幕が開かないじゃないですか」

「本当にこれでは、初手からだらしないと贔屓様から叱られて、下手をすれば小屋からも永《なが》の追放にされてしまいます」

そう言っていると、次郎吉は気短に怒鳴りつけた。

「てめえら、弟子の癖になんてことを！　ばかやろうが！　八重桜さんはそんな中途半端なお人じゃねえぞ。そんなふうに思うなら、弟子なんざ辞めてしまえ。

それに遅れることなんか一度もなかった人だ。何かあったかもしれないじゃねえか。考えるより先に身を案じて屋敷に帰ることとくれえできねえのか」

そう言われて三人は、初めて気づいたように、屋敷に帰ったが、八重桜の姿はなかった。下男の姿もなかったが、ガタガタと納屋で音がするので、蓑助たちが開けてみると、そこには縄で縛られ、猿轡《さるぐつわ》を嚙まされた下男が押し込められていたのである。

すぐさま自身番の家主・権蔵《ごんぞう》が番人と岡っ引を連れて来て調べたが、何者かに連れ去られたというのだ。

「誰かって、誰だよ！」

苛立ちを隠せない次郎吉は、八重桜のことが心配になって、「分かンねえのかよ！　ちょっくら探して来るッ」

と芝居町の中を隈《くま》無《な》く探し始めた。

誰かにさらわれたとしても、芝居町から出て行ったとは考えられない。南大門と呼ばれる表門から出ていないことは、門番が確認しているし、掘割を渡ったり、塀を越えることはありえない。

「とすりゃ、芝居町の中にいるしかねえんだ。いよいよ、俺たちの知らない間に、悪党が巣くっているのかもしれねえ」

次郎吉は金四郎の話していたことが、気になって、どんな小さなことでも見つけ出そうと躍起になっていた。まだ若いくせに、御弊《ごへい》担ぎの次郎吉は、初日が失敗すれば、興行がすべてダメになると思い込んでいる。だから、なんとしても見つけ出して舞台に立たせたいのである。

もちろん、座元、帳元、奥役、頭取たちも懸命に探しているし、金四郎のような芝居町で暮らしている風来坊も一緒になって、萩野八重桜の行方を探したが、結局、見つからず、演し物は中止となって、勘三郎や歌右衛門らが、代わりの芝居を務めたのであった。

芝居は日のあるうちに終える。

時に、篝火の中で、薪能《たきぎのう》のような趣《おもむき》ですることもあるが、概《おおむ》ね芝居が終わると、それから茶屋などに戻って宴会になることが多かった。もちろん、料理に酒が出て、お大尽《だいじん》気分に浸るのであろうが、時には贔屓の役者を呼んで、盛り上がることも多かった。

日本橋界隈の大店の主人は誰かしらの後ろ盾になっていて、取引先などの接待をしたときに、人気の役者を同席させることが自慢になったのである。

芝居が終わると、通りのあちこちで、許しを得た様々な大道芸人が芸を披露することもあった。中には、怪しく火を吹く男や短刀投げ、屈強な鎖切りのようなきわどい芸もあって、通り行く人たちが、芝居の〝口直し〟に眺めながら散策するのである。

まるで毎日が縁日のような賑わいだ。

そんな中で、艶やかな着物を粋に着こなした金四郎が来た。だが、その目は楽しんでいるのではなく、何かを見極めようとするような緊張感のある目だった。

中村座と市村座の間に、小さな稲荷《いなり》神社がある。神社といっても、狐を祭っている小さな祠《ほこら》があるだけのものだが、赤い鳥居には誰が張ったか役者の千社札が、無造作に幾重にも重ねられてあった。

その奥から、金四郎をじっと見る男の鋭い眼光がある。その力たるや、相手を射抜いてしまうのではないかと思えるほどであった。

その目がチラリと一方を見て、微かに目配せをするのが見えた。茶店の床机《しょうぎ》に座っていた一見、遊女風の女に対してであった。三十絡みの女は小さく頷いて、さりげなく金四郎の方に近づいて行った。二人とも金四郎が気づいていると は、分かっていないようであった。

表通りにも脇の通りにも、芝居見物の客を相手にする出店が賑わっていて、縁日のように金魚すくいや的当て屋、お面屋、風車屋などが軒先を重ねるように並んでいる。

人ごみの中に出た金四郎の横合いから、三十女がスッと通りざま、素早く懐から財布を抜き取った。その鮮やかさは、目も止まらぬ早さというもので、金四郎が初めから警戒していなければ、恐らく気づかなかったであろう。

「いや、いい腕だ」

と金四郎が言った途端、女は驚愕の目で振り返った。

「近頃は、掏摸《すり》や強請《ゆす》りの類《たぐい》が増えていると思っていたのでな、精一杯気をつけていたのだが、はは、それでもやられてしまったか」

金四郎が豪快に笑うのへ、女は不愉快そうに眉根を上げながら、

「ちょいとお兄さん、因縁《いんねん》つけんのかい？」

と肩を軽く押すように触れた。

「返してくれないか。今のは祖父《じい》さんの形見の財布なのでな。大切にしているものなんだ」

「おふざけでないよッ。あたしゃ、この辺りじゃちょっとした顔なんだよ。盗み

をする奴かどうか、みんなに聞いてみなよ」

「この辺りの顔？　だったら俺のこの顔も見たことくれえあるだろう」

「さあねえ」

女が値踏みするように金四郎の体を頭から爪先まで見ているうちに、ぞろぞろとならず者風が五人ばかり現れた。いずれも一癖も二癖もある面構えばかりだった。

「どうしたんだ姐《ねえ》さん。この若造に嫌な目にでも遭わされたかい」

と、わざとらしく近づいて来るが、金四郎は相手にせずに、女だけをじっと見つめていた。よく見ると愛嬌のある顔だちをしている。どうして掏摸稼業なんかに足を踏み入れているのか、不思議な感じがした。もっとも、

──女だてらに。

という言葉は金四郎は好きではない。男だろうが女だろうが、骨のある奴はあるし、腐った奴は腐っているからである。

ならず者たちは少しばかり間合いを取って、遠目に見ている。金四郎を威嚇しているのであろうが、女の仲間であろうことは一目で分かるので、かえって不気味でもなんでもなかった。

女は金四郎をギロリと見据えると、

「あんちゃん。てめえ、あたいが掏摸をしたって言ったよねえ。だったら、潔く脱いでやろうじゃないか。でもな、もし財布がなかったらどう始末つけるんだい！」

「綺麗な肌だから拝んでみたいが、まだ昼日中だ。脱ぐことはないよ」

「なんだと？」

「財布なら、その男の手に渡った」

金四郎は素早く、すぐ近くのならず者の腕をねじ上げた。そして、懐から財布を掴み出すと、

「あった、あった。これだ。ああ、よかった。財布さえ戻ればいい。じゃあな」

と、その場から立ち去ろうとした。

「待ちな！　あたいに恥かかしやがって……」

「恥？　俺は内分にしてやったつもりだがな」

「構わねえから、やっちまいな！」

女が蓮《はす》っ葉《ぱ》な声で煽《あお》ると、ならず者たちは一斉に刃物を抜いて、金四郎を目がけて突きかかってきた。さっと身をかわしたが、次々と突きかかってくる。

——こいつら、本気だッ。

脅しではないと判断した金四郎は、二、三人には本気で拳で鼻っ柱を折って、

「おいおい、物騒な真似は、よせ」

と言ったが、それでも仕留める気で飛びかかってくる。諸肌を脱いで、これ見よがしに腕や背中の刺青《いれずみ》を見せつけた。竜や登り鯉や般若や観音など、いずれも鮮やかな群青《ぐんじょう》や紅《くれない》に染まっていて、こんな手合いが背負うには勿体《もったい》ないくらい見事なものだった。金四郎はその刺青を軽く褒めてから、

「なぜだ。どうして、こんな事くれえで、人を殺《あや》めなきゃいけねえんだ、おい。それとも何か？　掏摸はただのキッカケで、端《はな》からこの俺を殺すつもりだったのか」

「うるせえ！」

次々と突き出してくるが、金四郎はガキの頃から、喧嘩が大好きで、その上、剣術の方も一刀流をみっちり仕込んで免許を取った腕前だから、大概の動きなんぞ、ゆっくりと見えて仕方がない。五人くらいが相手なら、みんな叩き潰すことくらい朝飯前だ。

その時、背後からヒヤリとした殺気を感じた。そこに立っていたのは、剃刀《かみそり》の

ような目をした浪人者だった。

金四郎はハッと飛びすさった。

同時、居合いで空を切り裂いた浪人の刀が、ビュンビュンと音を立てながら、間断なく斬り込んでくる。物凄い勢いだ。得意の長煙管を突き出したところで、容易に折られるだけであろう。

それでも相手の仕掛けを見切って避けている金四郎の敏捷な動きに、

「ほう。大した腕前だな」

と思わず浪人は口を開いた。無精髭《ぶしょうひげ》の隙間から見えた唇には、冷ややかな笑みがあった。殺しを楽しむ性癖があるようだ。

「貴様、ただの遊び人じゃねえな。もしや、公儀の隠密じゃあるめえな」

「ほう。隠密を気にするとは、なるほど……青山様を襲ったのは、おまえたちか」

「――!?」

「やはりな。だったら話が早えや。てめえらをお上《かみ》に突き出して、きっちり裁いて貰おうじゃねえか」

「黙れッ」

再び、浪人は斬り込んで来る。しかも、ならず者たちは、取り囲む輪を少しずつ狭めてくる。一瞬たりとも油断はできない。じりじりと間合いを詰めてきたとき、

「よしな！」

と狭い路地から、若い女が出て来た。小粋に巻き上げた髪に銀簪《ぎんかんざし》を一本挿《さ》しただけで、化粧っけのないスッピン顔に、鉄火芸者のような黒っぽい着物にだらりの帯の、妙に艶っぽい女だった。

ならず者たちは、その女を見た途端、すっと血の気が引いたように匕首《あいくち》の切っ先を下げて、後ろ手に持って下がった。

それでも、浪人だけは隙を見せずに、金四郎から目を放さずに気合も緩めなかった。どうしても一太刀浴びせて、命を取るという構えである。

「よしなさいな、旦那も。こんな若造一人を相手に、立派な業物《わざもの》が泣くよ」

「黙れ、女……余計な事を言うと、おまえから斬るぞ」

「やれるものなら、やってごらんよ」

「なんだと」

浪人はそれでも金四郎から目を放さないまま、女を威嚇するように、「減らず

口を叩いていると後で後悔するぞ」

「それは、どっちかねえ。私の目じゃ、この勝負、もし本気でやったら、そちらの若い兄さんの勝ちだ。腕が折れるどころじゃ、済まないよ。お侍さん……私はあんたを助けてあげるために、止めに入ったンだ」

　女は淡々と言うと、ならず者たちに向かって、

「あんたらも、いつまで、そんな肌をお天道様《てんとさま》に晒《さら》してンだいッ」

　と鋭い声で続けた。ならず者たちは、なぜか従順に、へいと頭を下げて、着物を着直して刺青を隠した。

「おまえら、この浪人さんに、金で雇われたのか？」

「へ、へえ……」

　ならず者の頭目格が、照れ臭そうに頭を下げた。

「幾らだ」

「ご、五両ばかりで、へい……」

「それっぽっちで人を殺めるのかい。その刺青、皮ごと剝いでやろうか」

「ご勘弁を！　二度といたしやせん、へい」

　なぜか、ならず者たちは、この若い女には全く頭が上がらない様子だった。

「五両だね」

そう言うと、女は財布から五両出して、浪人に差し出した。

「これで、なかった事にして下さいな。でないと、本当に偉いことになりますよ」

「女……」

浪人が腹立ちげに口を歪めたときである。ならず者の一人が、

「旦那！　引き上げやしょう。悪いことは言わねえ、刀を引いて下せえ！　でないと、俺たちはもう、知りませんぜ」

それだけ言うと、女に深々と頭を下げてから、逃げるように立ち去っていった。

浪人はその姿を見て、初めて金四郎から目を放して、女を見た。まだ若い娘だ。だが、短い人生の間に、よほどの深い傷でも背負って来たのか、まるで四十の年増《としま》のような迫力がある。その背後に得体の知れないモノを感じたのか、

「今日のところは、これくらいにしといてやる。だが、今度、顔を合わせた時には、二人とも命がないと思え」

「最後まで強がりを言うンだねえ」

女が五両を放り投げると、浪人は袖で受け止めて、そのまま背中を向けて立ち去った。

「姐さん。どうも、かたじけない」

「かたじけない？」

「あ、いや。ありがとう。命を落とすところだったぜ」

「そうかねえ。私には弄《もてあそ》んでいたようにも見えたがねえ」

「そんな余裕はありやせんよ」

女はもう一度、金四郎をじっくり値踏みするように見てから、

「どこの若旦那か知らないが、世間知らずのボンボンが住む所じゃない。ああ、私もちらっと噂には聞いてるが、こんな町で下働きしてたところで何の役にも立たない。まっとうな働き口を見つけて、暮らすんだね」

その女の言い草はすっかり板についていたが、どこか虚勢を張っているようにも見えた。得体の知れない人間という意味では、同じ匂いがしたのかもしれぬ。

「さっきの浪人には、とんでもない後ろ盾がいる。あんたじゃ敵わないよ。とっとと芝居町から出て行くンだね」

「そうはいかねえんだ。俺は恩義のある八重桜さんを探さなきゃならない。誰か

にさらわれたのは確かなんだ」

と金四郎が言うと、女は少しだけ眉を上げて、気になるような顔になった。

「狙いは何か分からねえ。けどよ、待ちに待った客のことも考えずに、無理矢理、どっかに連れて行くなんざ、俺はこの町の人間としても許せねえんだ」

「……」

「姐さん、心当たりはないかね」

「ないね。とにかく、命が惜しければ、どこか他の町にねぐらを探すんだね」

とだけ言って背中を向けた。その時、ほんのり漂った女の匂いに惹《ひ》かれ、美しいうなじに、金四郎は目を奪われた。

「姐さん。名はなんだい」

「言わぬが花。お兄さんとは、住む世界が別さ。二度と会わないでおきましょう」

腰の動きが艶めかしい。金四郎はその女の後ろ姿を見ながら、

——いずれまた会える。

予感がしていた。

五

その夜になっても、萩原八重桜の行方は分からないままだった。

幾ら芝居町の中を探しても、分からないのであれば、町方に頼んで、江戸中を探して貰うしかない。しかし、日頃から、女形でありながら、お上に盾突くような芝居を興行していたからか、郡司にしても腰を上げることはなかった。

「芝居町は奥が深いぜ」

ということをよく聞く。金四郎はそれを芸の深さとか、伝統の重さを言っているのかと思っていたが、悪党の巣窟《そうくつ》があるという事実を目《ま》の当たりにして、思ってもみない戸惑いを感じるのであった。

「芝居見物に来ただけだ。こんな目に遇うとは、俺もついていない。厄払いに一杯やってくか」

と逃げるように立ち去る客の姿を時々、見かけたが、それは先程の掏摸やならず者の手合いに、酷い目に遭ったからだった。

どこの町でも掏摸くらいはいるものだ。だから、金四郎もさほど気には留めていなかったが、老中襲撃をする凶悪人を匿う裏社会の元締めがいるとなると、話の様相は変わってくる。芝居町は夢の町ではなく、まさしく悪の巣窟でしかなくなるからだ。

「奥が深いというのが、そんな意味であっては困る」

とばかりに金四郎は、躍起になって、八重桜の行方を探した。仮にも、町名主でもあるのだ。その事件の背景に、老中襲撃と繫がる何かがあると、金四郎は睨んでいた。

堺町と葺屋町の境目に、わずか一間幅の掘割が流れていて、そこは舟などは通らず、米の研ぎ汁などの生活排水が流れている溝《どぶ》のようなものだが、その先に小さな水車小屋があって、瀟洒《しょうしゃ》な庵《いおり》が建っている。

そこは船宿になっていて、隣接している掘割から大川に抜けるようになっていた。

そもそも芝居見物は舟で訪れる人が多い。夜中に出て、屋形船の中や船宿で酒宴を楽しんで、仮眠を取ってから、芝居茶屋から迎えが来て、芝居を観る。花魁《おいらん》が客を迎えるように、役者が贔屓筋に挨拶に来ることも、しばしばある。芝居が引けると、また大川に戻って花火や水遊びをして一日を終えることもあるのだ。

金四郎はその船宿が気になった。

飄然と近づく金四郎を、鋭い目で見やる人影があった。誰かは分からないが、恐らく、昼間襲ってきた浪人か、その仲間に違いあるまい。

そっと近づくと、船宿の表には屋号の入った軒提灯《のきぢょうちん》が下がっていて、明かりに浮かんだ男がいた。黒羽織のでっぷりとした男は、南町同心の郡司だった。

人目を気にするように周りを見てから、船宿の玄関に入って行った。

それを見た金四郎は、そっと船宿の横手まで近づいて、小さな水路越しに宿の中を窺っていた。水車が回っている音で、こっちの気配は消されている。夜風が恋しくなったのか、船宿の二階は少しだけ障子戸が開いていた。行灯《あんどん》明かりによって、様子がなんとか分かる。

「旦那。灘《なだ》の酒をたんと用意してますので、好きなだけ召し上がって下せえ」

と迎えに出たのは、昼間のならず者とは違っていた。

三年近く、芝居町をぶらついている金四郎だが、見たことのない顔だった。行灯明かりで薄っすらとしか見えないが、口が裂けたような刀傷がある。妙になまっちろい顔色なのは、ほとんど日の光を浴びたことがないからではなかろうか。

祝い酒だといって、他に何人かいる素姓の知れない連中と、郡司は実に楽しそうに杯を交わし始めた。四斗樽の酒を載せた大八車が何処からともなく着いて、まるで芝居見物のときのような賑わいである。どこかから見繕《みつくろ》ってきた芸者衆もいるようで、三味線や太鼓の音や傍目《はため》憚《はばか》らない下品な嬌声が、洩れていた。

その集まりの中に、昼間の浪人者がいた。窓辺にしばらく立っていたが、あんな身近な所で睨み合ったばかりである。忘れたくても忘れられない目の浪人だった。

「こうなりゃ、我慢比べだ。ここが、賊の隠れ家だとすると、町奉行所同心とがっちり繋がっていたことになるからな」

金四郎は水車に身を隠すようにしゃがみ込んで、じっと船宿の二階を見上げていた。郡司が訪ねて来たということは、お上の動きを敵に報せていた可能性もあるからだ。

半刻ほど経ったであろうか。

今度は、船宿の裏手にある船着場に横付けされた屋形船から、頭巾の武家がゆっくりと降り立った。中秋の名月でも出ていれば、その様子も分かるであろうが、生憎《あいにく》に曇天で、顔どころか体型もはっきりとは見えなかった。

「只者ではあるめえ。あれは、かなり身分の高い武家に違いない」

たとえ老中や若年寄のような幕閣でも、芝居町にお忍びで見物に来るということはある。しかし、幾らお忍びとはいっても、警護の供侍は何人もいるし、武家がごっそりと芝居小屋に入れば、誰もが気になって、いつもの気さくな雰囲気は消えてしまう。

ましてや、身分の高い人になればなるほど、役者の方も気を使うであろうから、面白い芝居ができなくなる。お上に盾つくような主題であれば尚更だ。庶民が心から楽しめないのだ。

金四郎は足音を立てずに、水車小屋の脇を抜けて、船宿に近づいた。ガタゴトと軋《きし》み音を繰り返され、そのたびに、地響きのように揺れる。水車小屋の中は小麦粉を作る挽《ひ》き石が空のまま回っているのだ。掘割を挟んだすぐそこは、船宿の窓だが、水車小屋の音で話し声は聞こえない。

——船宿の中に入るしかあるまい。

丁度、水車小屋の軒下に梯子《はしご》があったから、掘割に渡して、窓の真下までいって、そこから裏口に回った。黒塀が続いているが、鬱蒼《うっそう》とした松の木が並んでおり、そこから塀の中に入るのには雑作はなかった。

内風呂があるのであろう。風呂釜を薪《まき》で焚いている下男がいたが、ぼうっと炎を見ているだけで、すぐ背後を金四郎が通り過ぎるのも気づかないようだ。

──悪党の砦のわりには、お粗末な見張りだな。

と思いながら、母家の勝手口から二階へ続く階段を登って、先程見えた頭巾の武家が入った隣の部屋に忍び込んだ。

ここでも水車の音が邪魔をして、はっきりとは聞き取れない。

「火をつけろ」「火事にすればいい」「役者のせいにする」「後はどこぞへ移せばいい」「芝居町はなくする」などという言葉が断片的に聞こえてくるだけだったが、次第に耳が慣れてくると、ようやく話し声の内容が明瞭になってきた。

「いいから、とっとと出て行きゃいいんだよ。町はこの俺様、十蔵が仕切る。そしたら、全ては丸く治まるってもんだ」

濁声はどうやら、〃般若の十蔵〃という裏の顔役なる者の声らしい。

「しかし、役者は納得しまへんえ。お客さんらも、一揆《いっき》まがいのことをするかもしれませんしな。私たちだけ、どこぞへ移したところで、芝居ちゅうものは消えたりしません」

少し震える上方訛《かみがたなまり》で対抗しているのは、萩野八重桜の声だ。

話を聞き続けていると、金四郎の頭の中で繋がった。どうやら、頭巾の武家に、堺町からの立ち退きを迫られているようだ。

「どうだい、町名主さんよ」

と八重桜のことをそう呼び、「御前様が一声上げれば、この町のひとつやふたつ、消すことができるんだ。そうなりゃ色々と面倒だろうが。だから、そっちから、出て行ってくれと言ってるだけじゃねえか」

「しかし、ここが芝居町でなくなったら、それこそ、般若の十蔵さん、あなたたちの隠れ蓑もなくなるってもんやおへんか」

「余計な心配はしなくていい。ここは、いわば公儀公認の〝悪所〟になる」

「公認の悪所……まさか、吉原のような色街にするとでも？」

「そうよ。吉原とは違ってな、大名とか旗本とか豪商とか、お偉方だけの極楽にするのよ。そうなれば俺たちも、もう盗みを働いて逃げ回ることはない」

「あんさん方、まさか……」

「そのまさかだ。あちこちで稼いだ金はたんまりある。それを元手に、妓楼《ぎろう》でも作ろうかということになったのだ。御前様の後押しでな」

「御前様とやら、いい加減に顔を見せてくれたら、どないどす」

八重桜は挑発して、頭巾を奪い取るような勢いで言ったが、

「黙れ、下郎！」

とぐもった声を頭巾の武家は発しただけだった。それを受けて十蔵は、自分の刀傷を舐めるような仕草をして、

「いいか、八重桜。面倒を起こしたくないから、こうやって話し合いをしてるんじゃねえか。でねえと、おまえも青山様のようになるのがオチだぜ」

「……あんたら、御老中さんまで」

「青山様は、この芝居町を潰すのに反対でな。お偉いさん方にも、堺町には手を出すなと根回ししていたのだ。だから、眠って貰ったまでよ。いや、まだ死んではいないがな、あれほどの大怪我なら、もう老中としては死んだも同然だろうよ」

青山忠裕は堺町の理解者であり、これまでも何度か立ち退き話があるたびに、庶民の楽しみや憩《いこ》いを奪うべきではないと幕閣と闘ってきた。

だが、水野出羽守を中心とする一派は、自分たちが非難の的ばかりになって面白くない。ゆえに芝居町を潰して、遊郭にするという案が浮上していたのだ。もちろん、それはとりもなおさず、十蔵の配下たちに隠れ家を提供することにも繋がる。つまりは、十蔵は盗んだ金品を、見返りとして頭巾の武家に渡していたと

いうことであろう。

「青山様が狙われたのは芝居町だけの問題ではない。松平定信が行った〝寛政の改革の遺臣〟などといって憚らず、御前様の政《まつりごと》にあれこれケチをつけるから、あんな目に遭ったんだ」

「おまえさん方は、とんでもない悪党なんですな。芝居の中でもなかなかおりまへんで。実悪《じつあく》ちゅうてな、ワルはワルでも、仕方がなくなった者、あえて悪さをした者など、それぞれに深い訳というものがあるものや。それを、あんたたちは、ただのてめえ勝手で、金や権力のためだけに、人を殺めるのかいな」

「それが世の常だ。殺《や》らねば、こっちが殺られる。食うか食われるかが、この世の中のさだめというもんじゃねえか。綺麗事はなしにしようぜ、八重桜さんよ」

と十蔵はすっと匕首を抜き払うと、八重桜の頬をヒタヒタと叩きながら、

「おまえさんだって、この小汚えツラを化粧や仕草で妖艶な女に化かしてんじゃねえか。とどのつまりは、人を騙して銭を稼いでるんだから、俺たちと同じ穴のムジナだ」

「全然、違う。私たちは、他人様に夢を与えてるんだ。明日を生きる糧《かて》を届けてるんや。人殺し盗賊と一緒くたにされちゃ、ご先祖様に申し訳ない」

「そうですよ」

「悪党とぬかしやがったな」

「その悪党を飯のタネにしてるのも、おまえたち役者たちじゃねえか。言っただろ？　綺麗事を言うンじゃねえってよ。おまえたちは、俺たちと同じ。他人様を騙して、てめえは綺麗なべべ着て、美味《うま》いもん食って、いい女を抱いてる。俺たちと同じなんだよ」

そう繰り返して、いやらしい目つきになったときである。

バンと襖が蹴破られて、金四郎が飛び込んで来た。

「やいやい。見たぞ、聞いたぞ！」

「だ、誰だ、おまえはッ」

まさか船宿に余所者《よそもの》が潜んでいるとは思わず、頭巾の武家は驚いたようだが、

「てめえら、まとめてぶっ潰してやる」

と叫びながら、金四郎は素早く跳ねて、武家に近づくと、一瞬のうちに頭巾を剝ぎ取った。とっさに顔を両手で隠した武家は、そのまま廊下に出ると、金四郎の行く手を遮るべく立ちはだかった。だが、

「ははは。うはははは」

と金四郎は大笑いをした。

「これは恐れ入谷の鬼子母神《きしもじん》だ。般若の十蔵と、老中首座・水野出羽守が、こんな所で顔合わせとは！　こりゃ天下の一大事だぜ！」

「だ、誰だ……おまえは……」

水野出羽守はそう言い残すと、そのまま横手の船着場から、屋形船に乗り込んで、大川に向かって漕ぎ出させた。金四郎はトッ捕まえて白日の下に晒そうとしたが、何処に潜んでいたか、ドドッと浪人たちが踏み込んで来て、バラリと金四郎に刃を向けた。

八重桜を庇いながら、金四郎はポキポキと指の骨を鳴らした。

「出た出た……油虫みてえに現れやがる。今のは、たしかに水野出羽守だ。これが世間に知れたら、只じゃ済まねえぜ」

「誰が水野出羽守だ」

とズイと出て来た郡司も、腰の刀に手をあてがっていた。

「おまえごとき遊び人が、御老中の顔を知っている訳がなかろう」

「だったら誰でえ。どのみち、顔を隠さなけりゃ、おまえらと会えない御身分の人ってことじゃねえか。郡司の旦那。あんただって同じだぜ。こりゃ、どういうこったい。俺たちの町を守るべきあんたが、盗賊一味とつるんでたとは……それでもって、役者虐めをしてたとなりゃ、この金四郎、この身がどうなろうと、おまえをぶっ潰さなきゃ腹の虫が収まらねえ！」

「なんだと、若造……」

と抜刀した郡司は、鋭い太刀《たち》捌《さば》きで斬り込んできた。

金四郎は八重桜を守りながら、廊下に押しやり、逃げろと言った。が、八重桜の方も町名主をやっているだけに度胸はある。武術もそこそこ心得ているようで、ならず者たちを豪快に投げ飛ばしていた。

「いいから、八重桜さん、早く逃げてくれ。でねえと思いっきり暴れられねえ！」

と押しやった。

「加勢する者を呼んで来るからな、それまで持ちこたえなよ」

八重桜は隙を見て、そのまま退散した。

船宿のような狭い室内である。大振りは隙を作る。金四郎は素早く避けながら、背後から斬りかかってきた浪人の手から、掠み取りで刀を奪うと、返す刀で浪人たちの手足を薙《な》ぎ払うように斬った。

郡司は意外な金四郎の豪剣に驚いて、一瞬、身を引いて間合いを取った。

「貴様……剣術を嗜《たしな》んでるな。遊び人のくせに、ちょこざいな」

と郡司は、浪人たちが倒れている足元を気にしながら、隣の広間の方へ移った。

「逃がさねえからな、郡司の旦那。おまえさんは、生きて捕らえる。あんたこそ、お白洲《しらす》に行って、一部始終、話して貰おうじゃねえか」

「ほざけ！」

裂帛《れっぱく》の気合で踏み込んで来た郡司の刀を、金四郎の刀がまるで磁力でもあるかのように吸い取って弾き飛ばした。その刀は障子窓の外に飛び出して掘割に落ちた。

次の瞬間である。

ブスリ——。

襖越しに、郡司は背中を長脇差《ながどす》で突き抜かれた。またたくまに鮮血が溢れ、血溜まりとなってゆく。

郡司は反転しながら、そこに立っている般若の十蔵を見た。そして、ぐらりと寄りかかるように喘《あえ》いで、

「ど、どうして、お、俺を……」

血塗《ちまみ》れた長脇差をペロリと舐めてから、十蔵は郡司を蹴倒した。

「何をしやがるッ」

金四郎が駆け寄ろうとすると、目の前の廊下の床がポカンと抜けた。落とし穴になっているのだ。金四郎が二の足を踏んでいるうちに、十蔵は身軽に翻って船宿から逃げ出して、そのまま闇の中に消えた。

だが、足音は聞こえる。金四郎は窓から飛び出て、軒屋根伝いに駆けて追い、雨樋《あまどい》に摑まって跳ね降りた。

途端、あちこちから矢が飛来する。運よく急所には一寸のズレで当たらなかったが、左腕を鏃《やじり》が掠った。そして、別の浪人たちが行く手を阻むように、十数人ぞろぞろと現れた。

「――くそうッ」

追おうとした金四郎の腕を、細い路地から出て来た男がサッと摑んだ。

「深追いはよした方がいいぜ。こっちへ来な、金の字」

と助け船を出したのは、次郎吉だった。

「兄貴……」

「だから言っただろ。余計な事に首を突っ込むなって」

次郎吉に手を引かれるまま、金四郎は迷路のように入り組んだ路地を這うように逃げたのであった。

やがて遠くで半鐘が鳴り始めた。火事を報せるためのものではない。この町独特の、咎人を追い込んで木戸を閉め、岡っ引や臥煙《がえん》たちを呼び集めるための報せである。

「金の字、大丈夫か？」

腕の傷を気にしながら、次郎吉はまさに自分の庭のように手を引いた。

六

「どうも信じられねえな、おまえの話は」

中村座の楽屋で、金四郎の傷の手当てをしながら、次郎吉は半信半疑で聞き直した。

「本当に、水野出羽守だったのかい？」

「そうだよ」

「てめえが旗本育ちだのなんだの……そんな事ばかり言ってやがると、本当にみんなから見放されるぜ」

次郎吉が呆れたとき、八重桜がのっそりと入って来た。

「すまなかったな、金四郎。どうや、傷は」

「かすり傷です」

「しかし、おまえも無茶やりよるな」

「話を聞いてたら、思わずカッとなって」

「気持ちは嬉しいが、自分のことも大事にせないかんぞ」

「はい。よく分かってます」

「それにしても、金四郎……」

と八重桜は改めて礼を言った。そして、町奉行所の者が、水車小屋脇の船宿を改めていることを伝えてから、

「おまえは、どうして、水野出羽守の顔を知っておるのだ」

「へえ、それは……」

金四郎が答えようとすると、腕の傷の包帯をギュウと縛った次郎吉が口を挟んだ。

「このバカタレはね、事もあろうに、てめえは旗本の若様だのなんだのと、畏れ多いにも程がある」

「若様？」

「だめだめ、八重桜様。こんな奴の言うことを真に受けちゃいけませんや。どこの御旗本か知らねえが、こんな唐変木がそんな御身分であらせられるなら、この次郎吉、片手で逆立ちして江戸中を歩いて見せやすよ」

「別に俺は隠すつもりはないがな」

と金四郎が淡々と言うのへ、次郎吉は呆れ顔で、

「ほらね。こいつの法螺は筋金入りだ。相手にしちゃ、八重桜様が恥をかくだけです。こいつとは三年もつきあってる俺だ。どういう奴かよく分かってますよ」

八重桜はじっと金四郎を見つめていたが、

「そうかい。本当に旗本の若様なら、偉いことだな」

と笑って、あえてそれ以上、聞こうとはしなかった。その八重桜の瞳を見つめて、金四郎の方も納得したように頷き、余計なことは言わなかった。

だが、八重桜は一言だけ言った。

「若いのだから、やんちゃをするのは結構だが、本当の遊び人になってしまって

は、いかん。人間のクズをさも大儀そうに見せかけるのも好きではない。俠客《きょうかく》の類も私はあまり好きではない。男伊達《おとこだて》とか男気とか言いながら、その裏では汚い真似をしている者が多いからだ」

「……」

「どうせなるなら、日本一の……人の気持ちの分かる御奉行にでもなればよろしかろう」

それだけ言って、立ち去ろうとした時、少しだけ悲しそうな目を流した。その八重桜の瞳は舞台で見せるような艶のある憂いを帯びた輝きがあった。それが何を意味するのか、金四郎には分からない。ただ、

──半端なことはするなよ。

と教え諭しているように見えた。金四郎が軽く頭を下げると、次郎吉は声を潜めて、耳元でささやいた。

「ああは言ってるけどな……八重桜さんこそ、かなりの悪童だったらしいぜ」

「え、そうなのか？　とても、そうは見えないが」

「湯屋にだって誰とも一緒に行かねえだろ？　背中には唐獅子《からじし》牡丹《ぼたん》がくっきりと彫られているんだぜ」

「ええ？」

「俺もチラリとだけ見たことがあるだけだがな、それこそ若い頃は、浅草辺りで肩で風切って歩いていたらしい」

「それこそ法螺じゃねえのか？」

「嘘をついてどうするんだ。昔は自分もその渡世にいた。だからこそ、ならず者だの遊び人だのは嫌いなんじゃねえのかな。俺はまだ憧れてるがね」

「兄貴はそのタマじゃありやせんよ」

「なんだと、この！　俺だって、ほれ見ろ」

と左腕の袖をめくろうとするのを、金四郎は止めた。

「もう何度も聞きやしたよ。刺青を入れようとしたけれど、痛くて途中でやめたんでやしょ？　お陰で、竜にするはずが、鯉の髭にしかならなかったって」

「ばかやろう。これはな、当代随一の彫物師、彫長《ほりちょう》、つまり、彫物師長兵衛の手によるものなんだぜ。たった一彫りでも、銘刀みたいな値打ちがあるんだよ」

「彫長？」

「本当に、おまえは何も知らねえんだな。それじゃ、遊び人は無理だ。バカにするんじゃねえぞ。俺だってな、本気になりゃ、暴漢の五人や六人、バッタバッタとなぎ倒し……いや、やっぱり無理かな」

金四郎は、船宿で八重桜がならず者たちを投げ倒していた腕前を目の当たりにしていた。昔取った杵柄《きねづか》というやつか。

「どうりでサマになってたと思ったぜ」

「ン？」

「いや、なんでもねえ」

金四郎は改めて、事件のことを思い返した。

堺町廻りの同心郡司が殺されたことで、その背景にいる〝御前様〟や〝般若の十蔵〟との繋がりもあいまいなまま消えてしまうことが、どうしても許せなかった。

その日のうちに、金四郎は十蔵の行方を探した。

おそらく、まだ芝居町のどこかに身を隠していることは確実だと踏んでいた。下手に〝外界〟に出ると、余計に身は危ないであろう。しかし、一晩中、探してもめぼしい所は見つからなかった。

そうして歩き回ってみると、狭い町だと思っていたが、世間に言われているように奥の深い町だと改めて感じた。

翌日も、何事もなかったように、客足は次々と訪れ、役者たちも芝居小屋の人々も、大きな事件が隠れているなど気にも留めていないように働いている。木戸番や芝居茶屋の呼び込み声が、真っ青な空の下で、いつものように飛び交っている。まさに平穏で幸せな日常である。金四郎はその情景を眺めながら、

——たとえ裏ではどうであろうと、こうして平和に暮らせる町のために、働かなくてはならない。それが〝日陰者〟の務めではないか。

と心に刻んでいた。

「勝手知ったるなんとやらだ。遠慮なく入《へえ》るぜ」

「あいよ。金を盗むんじゃねえぞ。いや、盗まれる金なんぞ、ねえか」

などと無駄口を交わす声も、どこからともなく飛んでくる。

大川に程近い一角に、薩摩座とは違う人形芝居小屋があった。『天満屋』という軒看板があり、人形芝居と謳《うた》われているが、実は女浄瑠璃語りとして、細々と演目が出されていた。

江戸市中は女歌舞伎が禁止されている。売春の巣窟になるからというのが主な理由だが、人形芝居に女が関わるのは御法度《ごはっと》ではないので、珍しいモノ見たさの客には大受けだった。

人形遣いは浄瑠璃のような、きちんとした三人使いではなく、粗末な糸で操る人形であった。ただ、濡れ場ばかりを演じる女の浄瑠璃語りが見世物で、その妖艶で切ない声が喘ぎ声に聞こえるということで、いわばキワモノとして披露されていたのである。

もっとも、すぐに廃《すた》れるのだが、金四郎が訪ねて行ったときには、木戸口や勝手口などにたむろしていた下足番たちは、昨日のならず者たちだということが、すぐに分かった。

その小屋に行くにもまた、掘割にかかっている小さな橋を渡らなければならない。

屈強な男が数人、用心棒のように立ちはだかって、

「こっからは入れねえ。今日は演し物がないのでな」

「しかし、天下の往来ではないのか」

「この先は女浄瑠璃の小屋。女だけが暮らしてるんでな、殿方は遠慮してくれ」

「気にするな。俺は何事にも、遠慮しねえ性質《たち》でな」

「帰れ。てめえなんかが来る所じゃねえ」

「行くなと言われれば、行きたくなるのが人情だろう」

「ふざけるな！」

と殴りかかるのへ、煙管の先で当身をして倒した。横合いから摑みかかる他の用心棒たちも掘割に投げ捨てて、

「すまぬな。通るぞ」

と先へ進んだ。

木戸口に立っていたのは、先日来、顔を突き合わせている浪人だった。

「また、会ったな」

金四郎が笑いかけると、昨夜の腕前を見て知っている浪人たちは、少し腰が引けたようだった。他にも人相の悪いならず者、男を物色しているような女、片隅でサイコロ博打《ばくち》をしている男たちが、まるでクダを巻くようにいる。

「おいおい。これが人形芝居をやる連中か。どう見ても、小伝馬町《こでんまちょう》行きの奴らばかりじゃねえか」

その異様な雰囲気の中を、金四郎がごり押しするように歩いて行く。胡散臭《うさんくさ》そうに、金四郎の歩みを舐めるように見る目があちこちに潜んでいる。

道端の筵《むしろ》に座って酒を飲んでいる老人に近づく。

「ご老体。こんな所にいたら体を悪くするぞ」

「もう、とうに患《わずら》ってるよ」

「住むところはないのか？」

「ねえよ。もう五年も職なしさね」

「身寄りは？」

「……うるせえな。酒がまずくなる。大体、御政道が悪いンだ。だから俺たちはあぶれたんだよ。ぬくぬく育った奴らにゃ分かるめえがな」

金四郎は財布から金を取り出して、

「当座をしのぐがいい」

と一両を差し出した。目を輝かして見ている老人は本物か偽物か疑っていたようだが、金四郎はしっかり握らせて、

「二度とここには来るんじゃない。体が悪いなら小石川療養所を訪ねるがよい。面倒をみてくれるはずだ」

「ありがてえ、ありがてえ！　地獄に仏とはこのこった」

と老人は感謝の目で立ち上がった。

途端、浪人は老人に近づくなり、バサリと斬り捨てた。

「何をする！」

　驚愕の目で見やった金四郎に、怒りよりも悲しみの色が広がった。浪人は無表情のままで、ぼそっと吐き捨てた。

「どうせこの老いぼれはすぐ死ぬ。死の病に冒されてるンだよ」

「な、何てことを……」

　金四郎は駆けよって、爺さんと声をかけたが、既に脈はない。

「無駄だ。急所を一撃で仕留めた」

　金四郎はキッと振り返り、

「なぜだ、なぜ、こんな真似を！」

「この爺さんはな、博打で家も家族もなくした男だ。一両持ってみな。また博打ですって首を吊る。その手助けをしてやっただけだ」

「貴様ッ。それでも人間かッ」

「おまえが、つまらぬ情けをかけたがために死んだのだ。善行を施すなど、てめえがいい気分になるだけのこった。いいか、おまえが一両もの大金を惜しげもなく渡したから死んだのだ」

「ふざけるな。おまえが殺したンだ！」

　金四郎が近づこうとした瞬間、浪人はシュッと居合で切っ先を向けた。

浪人は低く言った。

「このシマから出て行け。でないと、おまえも町方同心と同じさだめとなる」

金四郎は、怒りに任せるままに、立ち向かった。丸腰の金四郎だが、相手は容赦なく刀を振り落としてきた。

素早く避けた金四郎は、相手に組みつくと脇差の柄を摑んで、蹴飛ばした。

「おのれ！」

踏み込んで大上段から打ち下ろしてくる刃をかいくぐって、浪人の袖の下から斬り上げた。バサッと音がして脇が切れた。ドクドクと血が流れてくる。ここには血の道が集中しているから、放っておくと失血死する。

「今すぐ医者に行けばなんとかなる。誰か助けてやれ」

と、ならず者たちに言ったが、誰も彼もが逃げ出した。

がくりと膝をついた浪人に、金四郎は、

「あんただって、親兄弟がいるはずだ。こんな薄汚れた所で用心棒稼業をせずに、もう少しマシな生き方があったんじゃねえのか」

「わ、若造如きに……説教など、されたくないわ」

浪人は最後の力を振り絞って、金四郎に斬りかかってきた。軽く避けると、浪人はそのまま掘割に落ちた。

騒ぎに駆けつけた般若の十蔵は、顔の刀傷を指先で撫でてから、

「若造……もう容赦しねえぞ」

と野太い声で言ってから、長脇差を抜き払った。死ね！　と叫ぶが早いか、物凄い勢いで斬りかかってくる。力任せの乱暴な剣術である。いや、剣術ではない。所詮は、ならず者の喧嘩殺法だ。

金四郎はそれを一寸の狂いもなく見抜きながら、

「どうやら……般若の十蔵といえども、最後だけは潔く闘うようだな」

十蔵はふっと笑って、

「命知らずが。今頃、悔いても遅いぞ」

刀を振りかぶって襲いかかってくる。

「！」

気配に振り返ると、他のならず者たちも、匕首や長脇差を抜いて構えている。

金四郎が構え直す間もなく斬り込んでくるが、その凄まじい勢いの刀はガキンと虚しく音を立てただけだ。そこに金四郎の姿はなく、出ていた縁台が砕けて飛んだ。

さらに、ブン！

十蔵の切っ先が鋭い。すんでのところでかわして、近くの路地へ飛び込む金四郎を、ならず者たちが次々と追って来る。だが、既に金四郎の影は消えていた。

「逃がすなッ」

と十蔵が叫ぶと、その行く手から、自身番家主の権蔵が岡っ引を引き連れて駆けつけて来た。そして、その後ろからは町奉行所の与力や同心が追って来ている。

「神妙にしやがれ！　般若の十蔵！　もはや逃れられぬぞ！　大人しく縛《ばく》につけ」

駆けつけた与力が力の限り叫んだ。

「なんだと⁉　俺には……」

と言いかけるのへ、自ら騎馬で到着した南町奉行の越智備前が声をあげた。

「控えろ、十蔵！　老中青山丹波守様襲撃並びに南町奉行同心郡司源一郎殺害につき、捕縛の上吟味《ぎんみ》致す！　もちろん余罪もな」

「ばかを言うな。俺は老中首座の水野出羽守様に……」

その声を消すように越智備前は怒声を投げつけた。

「さような出鱈目《でたらめ》を申すとは言語道断！　引っ捕らえろ！　すぐさま処刑じゃ」

梯子や大八車を使って、一斉に捕らえにかかる同心や捕方たちに、十蔵は激しく抵抗をしたが、弓隊の矢が飛来してブスリと心臓に命中した。

「うぐッ……！」

そのまま仰向けに倒れて絶命した十蔵に、

「構わぬ。そのまま、引っ捕らえろ！」

と越智備前は与力や同心に命じて、まるで牛馬を扱うが如く引きずって立ち去った。

あっという間のできごとに、金四郎の方が唖然となって見ていた。

「……お奉行様」

金四郎が声をかけた。

「生きて捕らえて、すべてをそいつの……十蔵の口から話させるのが筋だったのではございませんか？」

「私もそうしたかったが、抵抗したゆえな、やむを得まい。それに、お白洲に引きずり出したところで、正直に白状するかどうか分からぬ。本当の悪党とは死ぬまで、知らぬ存ぜぬを通すゆえな」

「しかし……」

「金四郎とやら。自身番家主の権蔵から話は聞いておる。手伝いご苦労であった。追って金一封を下すゆえ、奉行所まで来るがよい」

騎乗でそう言い放って、越智備前は堂々と立ち去るのであった。

立ち尽くす金四郎の側に、次郎吉が駆け寄って来た。

「このバカ。俺が届け出るのが、もう少し遅れてたら、おめえこそあの世に行ってたんだぞ。心配ばっかりかけるな、こら」

「……」

「なんとか言え、このッ」

金四郎はしばらく、役人たちに引きずられて行く般若の十蔵の亡骸《なきがら》を見ながら、

「あいつもまた、利用されただけ、という訳か……」

と乾いた声でつぶやいた。

七

数日後、金四郎はバカ正直に奉行所に出向いて、金一封を受け取った。それがせめてもの、この騒動で死んだ者への供養《くよう》だと思ったのである。

――供養。

とは、仏法僧《ぶっぽうそう》や死者の霊に供物《くもつ》を捧げることである。

金四郎は物心がついたときから、人は何処から来て何処へいくのか、常に考えていた。輪廻《りんね》の思想では、六道《ろくどう》を経て、餓鬼《がき》や畜生《ちくしょう》から人間に至るのだが、その考えだけでは及びもつかない何かがあると考えていた。いや、感じていたという方が正しい。

同時に、自分は何かによって支えられ、畜生や草花も含めて、他の命を犠牲にすることによって生きているという思いを抱いていた。まだ二十歳過ぎの若造にしては、随分と年寄りめいたことを考えているが、人は皆誰でも、心の裡《うち》に秘めていることだ。

今度も――。

自分が何かを探ろうとしなければ、散らずに済んだ命もあったのではないか、と金四郎は思っていた。たとえ極悪人であろうとも、十蔵や郡司は死ななければならない者たちであったのか。

――そうではない。

きちんと裁断されて、刑に処されるまで、改めるべきところは改め、自らが反省するべきは反省し、犠牲を強いた者たちへは追悼《ついとう》の思いを馳せ、心安らかにして死罪を受けるべきではなかったのか。そう思っていた。

金四郎は、同じ町内にいるという、彫長を訪ねようと考えた。

「自分は半端な男だ。父親には勘当同然に屋敷を追い出され……いや、喧嘩をして飛び出したのが先だが、二度と屋敷に戻ることはあるまい」

と思っていた。だから、半端者でなくなるための、その印が欲しかったのである。

堺町三丁目の『さくら長屋』の近くに、金四郎はやって来た。隣接する『桜湯』は大家の持ち物である。堺町にはもうひとつ、『紅葉湯』があって、いずれも芝居をやる前や後に役者が入りに来る。町内の者しかいないから、素顔や素肌を余所者に見られることはなく、ゆっくり湯に浸かるのが役者たちの楽しみのひとつであった。

「この辺りに、彫長さんの家があると聞いて来たんだが」

と湯屋の表で掃き掃除をしていた三助に訊くと、すぐその先だと教えてくれた。

『さくら長屋』というだけあって、木戸口に桜の木が一本あった。もちろん、秋だからなんの飾り気もない木である。

その一番奥まった所に、彫長と書かれた障子戸があった。

「ごめんなすって」

金四郎が何度か声をかけたが返事がない。諦めて出直そうと思って踵《きびす》を返したとき、中から心張り棒が外されて戸が開けられた。

出て来たのは、まだうら若い女で、昼間から秘め事をしていたかのように、着物が乱れ、額や首筋にうっすらと汗を掻いていた。その化粧気のない顔よりも、ふわっと湧いた匂いでハッと金四郎は思い出した。

「姐さん、あの時の」

「は？　どなたでしたっけね」

「ならず者と喧嘩をしていた時に、止めに入ってくれた」

「ああ……」

女は素っ気なく答えたものの、それからは継ぐ言葉がなくて困った様子で、

「で、今日は何か御用ですか」

「へえ。ちょいと、彫長さんにお会いしたくて」

「彫長……」

「ご在宅ですかね」

「彫長なら、私ですが」

「え……」

驚いた金四郎は、訳が分からず、戸惑いの笑みを浮かべた。

「姐さんが？」

「はい」

「本当に？」

「そうですよ」

「俺はてっきり……」

年輩の男だと思っていたと言いかけたとき、長屋の奥から、一人の若い衆が出て来た。どこかの極道か素人かの区別はつかないが、がっしりとした目つきのし

っかりした男だった。

「姐さん……じゃ、失礼します」

と深々と頭を下げると、はだけていた着物の帯を締め直す仕草で立ち去った。

「これは、まずいところに来てしまったかな」

金四郎が照れ笑いをすると、

「妙な勘繰りをしちゃ困りますよ。あの若いのも背中に入れたところでね。しばらくは風呂にも入れませんよ、痛くってね」

「そうだったんですかい」

「お兄さんの要件は？」

「俺にも、ちょいと入れて貰おうかと思ってね」

「彫り物をかい」

「ああ」

「やめときなさいな」

「一人前の男になりたくてね」

「みな、そう言うンだよ」

「痛みは我慢できる方だと思うがな」

「そんな話をしてるんじゃない。二親から貰った綺麗な肌を、いたずらに痛めつけるもんじゃありません。帰りなさい」

「そう言わず……」

と金一封の小判一枚を差し出して、

「これで供養をして欲しいんだ」

「供養？」

「へえ。俺の、やんちゃに対する供養、とでも言いましょうか」

女はしばらく金四郎の目を見つめていたが、その奥に輝く光を見つけて、

「――とりあえず、入りなさいな」

と言って、部屋の中に招き入れてくれた。

染料や肌を傷つけたときの妙な匂いが漂っていた。刺青の模様図などが壁に貼ってあって、独特な雰囲気が漂っている。

女はまるで遊女が自分の部屋に招くように入れると、着物を脱いで、うつ伏せに寝るように言った。金四郎は少しだけ緊張して、言われるままにした。

露わになった筋肉質の広い背中を見て、女はそうっと掌で全体を撫でるようにしてから、ふうっと息を吐きかけた。

「くすぐったいぜ、姐さん。変な気持ちになっちまう」

「こうすると、彫り物に合う肌かどうか分かるんですよ」

「そんなもんですかい。俺のはどうなんだい？」

「ちょっと黙ってなさいな……」

女は何度も掌でそっと愛撫するかのように背中をさすりながら、艶っぽい息を吐きかけては、肌の温もりや湿り気を確認しているようだった。そして、ぽつりと、

「お兄さんに彫り物は合わない。やめた方がいいねえ」

「そう言わず、頼むよ」

「嫌だね。こんな立派な肌、私は見たことがないよ」

意外な言葉に、金四郎は不思議そうに振り返った。

「俺の肌を褒めてくれるのなら、それに相応《ふさわ》しいものを……そうだな。ここは、さくら長屋。桜の花びら、ひとひらでいい」

「ひとひら？」

「ああ。言っただろ？　散った命の供養だ」

「……」

女はしばらく、もう一度、金四郎の背中を撫でていたが、肩から背中にかかる一点で、人差し指を立ててみせた。

「ひとひら……ね。面白いことを言うね、お兄さん」

彫物師はそのまま、熱い湯を絞った手拭いで丁寧に背中を拭いてから、おもむろに彫り道具に手を伸ばした。

彫り物というのは、そもそも〝起請《きしょう》彫《ぼ》り〟のように、男と女が誓いを交わすために行われたものだという。

女彫物師の繊細で優美な手つきによって、薄紅色の桜の花びらが、ひとひらだけ鮮やかに彫られた。大きな背中の片隅に、あるかないか分からないくらいの、蕾《つぼみ》のような花びらだった。

「お兄さん……本当にこれが最初で最後だよ。でないと、私も深みに入って行きそうだからさ、この肌の深みに……」

そうささやく艶やかな声を背中で聞きながら、金四郎は心地よい眠りに陥っていた。

第二話　雪の千秋楽《せんしゅうらく》

一

江戸歌舞伎の顔見世《かおみせ》興行は秋に行われる。

十一月一日が初日で、十二月十日が千秋楽であった。この冬至《とうじ》の頃に、顔見世をするのは、寒くても客が大勢来てくれることを願ってである。気候がよくないと誰でも外に出たがらない。しかし、顔見世となるとその華やかな舞台を見たさに腰を上げるというものだ。

千秋楽は生憎《あいにく》の初雪となったが、うっすらと純白の繊毛《せんもう》で覆われた芝居町もなかなか風情があって、観客の足取りも実に楽しそうに軽かった。

名優たちが打ち揃う大歌舞伎が興行される一方で、屋形船の船着場の近くには、小さな小屋が幾つかあって、伝統歌舞伎とは違う宮地興行のように行う芝居もあった。ほとんどが笑いをふんだんに取り入れた狂言のようなものだが、立派な歌舞伎を見た後の口直しとして人気を博していた。

このような特別に設《しつら》えた小屋には、本歌舞伎では中堅の役者が、立役《たちやく》などで出ることもあり、ひと味違った趣《おもむき》があった。

まるで宿場の通りのように、ずらりと船宿や芝居茶屋が並ぶ一角に、ぽつんぽつんと〝小劇場〟はあった。その店の前には、賑《にぎ》やかに出店が出ており、往来も多かった。

『花山桃太郎《はなやまももたろう》一座』と幟《のぼり》があがっている小屋の前は押すな押すなの人だかりで、本芝居の勘三郎や歌右衛門に負けないくらいの人気があった。

花山桃太郎一座の面々が打ち揃って、通り行く人々に挨拶をしていた。久しぶりの江戸なのか、座員一同、感嘆の笑みをたたえて、芝居町の賑やかさを喜んでいるようだ。

「さすが花のお江戸。将軍様のお膝元だ。俺たちが回ってる関八州《かんはっしゅう》の村々とは、全然違うよなあ」

若い座員の栗太郎《くりたろう》が甘い顔で溜息を洩らすと、中堅の厳《いか》つい月之介《つきのすけ》も大きく頷いて、

「ああ。この賑やかさ……たまらん！」

と気もそぞろになっている。

そこへ、ぶらりと来た金四郎は、ふわついた顔馴染《かおなじ》みの二人を見かけて、角樽《つのだる》を差し出した。

「早速、一杯、やるかい？」

「おう、金公。おめえ、生きてたか」

月之介が懐かしそうに肩を抱くと、栗太郎も調子に乗って、角樽を受け取って、そのままぐびぐび飲む真似をした。

「だめだめ。まだお仕事があるでしょッ」

禿《かむろ》の桜小町《さくらこまち》が飛び出して来て、金四郎を邪魔だ邪魔だと押しやって、

「東西とーざい！　花のお江戸は堺町の顔見世興行、ご当地初、一年ぶりの夢芝居、花山桃太郎一座の到着にござーい！」

途端、犬丸《いぬまる》と雉丸《きじまる》がスルスルと家紋の桃の実の入った鮮やかな、さらに大きな一座の幟を立てた。

『花山桃太郎一座』

往来していた人々があっと振り返り、思い思いに手を叩きながら、

「待ってました」「いいぞ、桃太郎！」「ヨッ、日本一！」などと歓迎の声が湧き起こった。ドサ回りの役者たちにとって、この江戸の人たちの大きな喜びの声ほど嬉しいことはない。

ましてや、芝居の〝聖地〟である堺町だ。寛永元年《かんえい》（一六二四）、猿若勘三郎《さるわかかんざぶろう》は中橋に芝居櫓《しばいやぐら》を揚げて、その後、禰宜町《ねぎちょう》を経て、後にここ上堺町に移った。上堺町と葺屋町を合わせて、〝二丁町〟と呼ばれる芝居町が出来上がったのだ。そんな所で芝居を打てるとは役者冥利《みょうり》に尽きる。

寛永年間には他に、山村長太夫座や森田勘弥座が木挽町に出来て、玉川座、河原崎座、村山座などが様々な所で興行をしていたが、正徳《しょうとく》年間に有名な『江島《えじま》生島《いくしま》事件』が起こった後には幕府からの厳しい統制もあって、いわゆる〝江戸三座〟を中心に興行が行われていた。中村座、市村座、森田座のことである。

もちろん、幕府公認の櫓を組んだ江戸三座の芝居小屋以外に、様々な一座が勧《かん》進《じん》などのために興行の許しを得て、色々な趣向の芝居が演じられていた。花山桃太郎一座もそのひとつだが、本芝居と変わらない芸の熟達度が、芝居好きの眼鏡にかなっていたのだろう。客足は中村座に向かう人々と変わらないくらいだった。

「花山桃太郎一座座員一同！　精魂込めて、あい努めさせて頂きますれば、腰の立たない、じっちゃんも、足が動かないばっちゃんも、みんなで助けあって、連れて来てあげてね！」

と可愛く腰を振って声を発する桜小町に、わっと見物衆たちが沸いた。舞台でも、この娘は狂言師のように愉快な笑いを投げかけているのである。

中には、「桃太郎！　こっち向いて！」「申太郎《さるたろう》！　流し目で見てえ！」など長い袖を振りながら叫ぶ町娘たちもある。それに応えて手を振っている桃太郎たち一座の面々は実に爽やかに楽しそうに、芝居の前座のつもりで挨拶をしているのであった。

そこへ、町奉行所の役人数人が、見物衆を割って来た。

「こら、どけどけッ」

中年同心の村上浩次郎《むらかみこうじろう》が朱房の十手を突きつけて、芝居見物に来た客をまるで野次馬扱いで押しのける。

芝居町の片隅を隠れ家にしていた盗賊〝般若の十蔵〟とつるんで悪さをしていた同心、郡司源一郎が憤死した後に、赴任した堺町廻り担当の同心である。すらりと背が高く、月代《さかやき》も髭《ひげ》も神経質なくらい綺麗に剃《そ》りあげた顔で、黒羽織も粋に帯に挟んで着こなしているが、郡司にも増して、——いやな目つき。

をしている。やはり、幕府から見れば、芝居町というのは、普通の世俗とは隔絶した〝悪所〟との認識が強いのであろう。芝居には、色、金、暴力などの人心を荒廃させる要素がふんだんに取り入れられているから、幕府としては常に監視しておきたいのであろう。

ゆえに、取り締まりをする側に甘い考えの同心がいれば、すぐさま〝芝居の毒〟に当たってしまう。だから、心身ともに堅牢な役人を送り込むのは当然のことであった。

「どけどけ！　見世物ではないぞ！」

と村上は言いながらも、明らかに縄に縛った罪人を人々の目に晒《さら》すのが目的であるかのように、芝居町の大通りを闊《かっ》歩《ぽ》した。継《つ》ぎ接《は》ぎだらけの着物に不精《ぶしょう》髭《ひげ》のまだ三十そこその男であろうか。まるで、市中引回しの刑である。

咄嗟《とっさ》に道を開ける金四郎は、路肩で眺めている町人たちが、

「あんまりだな」「ああ、かわいそうにな」「ほんとにな」

などと口々に囁《ささや》いているのを聞いた。金四郎が不思議そうに首を傾げている

と、旅姿の武家女が追いすがるように路地から飛び出て来た。青ざめた悲壮な顔は、かえってその美しさを際立たせていた。

「あッ！　あなた！　ど、どうしてこのようなことに！」

その声に、男は一瞬だけハッと女を振り返ったが、顔を正面に戻すと奥歯を嚙みしめるように口を閉じた。

「知り合いか？」

同心の村上はいかにも役人らしく、厳しい口調で問いかけたが、罪人は、

「知らぬ」

とあっさり答えた。

「何があったのです、あなた！」

それでも女は罪人にしがみつくように追った。あなたと声を掛け続けるくらい。だから、女房のような様子だった。まったく素知らぬ顔をしている罪人は、姿こそうらぶれているが、金四郎の目には、意志の堅い侍にしか映っていなかった。

「ええい、邪魔だ、どけい！」

ビシッと鞭《むち》を打つように、十手で女の肩を強く押しやった。はずみでよろけて倒れるのを、栗太郎が咄嗟に飛び出して支えて、

「何しゃあがる。相手は女じゃねえか」

さらに、女を助け起こしてから、

「こら、謝れ。このヘボ役人」

「なんだと？」

と同心は気色ばんで、刀の柄を摑んだ。この無粋で高圧的な態度は、前の見廻り同心とさして変わらなかった。だが、金四郎は、本気で斬る気はないと見た。気迫も乏しいし、腰が入っていない。目つきも、人を斬る覚悟はなかった。

無言で、村上の前に立つ桃太郎、月之介、そして、女役者の梅奴《うめやっこ》に混じって、金四郎もズイと怒り肩を突き出して、

「八丁堀《はっちょうぼり》の旦那。理由もなく、乱暴すぎると思うがな」

「遊び人に四の五の言われる筋合いはない。おまえには……」

と郡司のことには触れなかったが、

――斬ったのはおまえであろう。

と言いたげに睨《にら》みつけた。だが、町方同心が自ら踏み込んだ悪事は事実だし、日頃から乱暴に町人を扱っていたことも、町奉行自らが認めたことゆえ、敢えて言わなかった。

「なんだ貴様ら、その態度は」

そう言って口を濁したが、ピリッと走った緊張を、集まっていた芝居の客たちも痺《しび》れるように感じていた。心配そうな顔で見ている桜小町、犬丸、雉丸たちにも次第に、怒りの表情が表れてきて、下手をすれば村上に嚙みつかんばかりに身構えていた。

だが、同心と面倒を起こしても、損をするのは役者の方だ。桃太郎はスッと前に歩み出て、

「これは、とんだ失礼を致しました。手前どもは旅役者。お役目を邪魔するつもりはございません。ご覧の通り、まだ半端な若い者ばかり。どうかご勘弁下さいませ」

と深々と頭を下げた。村上は何か言いかけたが、相手が下手に出ているのに、これ以上、言いがかりをつけても、またぞろ金四郎が、待ってましたとばかりに喰らいついてきそうだったから、

「行くぞ」

と憮然と配下に言って、罪人を引いて立ち去って行った。それでも、不安な顔で追おうとする女を、金四郎はじっと怪訝《けげん》に見ていたが、

「お内儀。足元がふらついてやすぜ。よかったら、こちらへ。俺は金四郎というケチな野郎ですが、何か訳がおありのようだ、ささ」

と勝手に芝居小屋の楽屋に誘った。

二

芝居小屋の客席を改めたり、大道具や小道具の点検をしながら、桃太郎は座員たちに言い含めていた。

「おまえたちが、見知らぬ人に対してでさえ、情けが厚いのはよく知ってるがな、年に一度の興行。しかも、ようやく町奉行所から許しを得てできるのだから、問題を起こさないでおくれよ」

桟敷《さじき》の仕切り具合などもしっかりと見直している。桟敷は、土間とか平土間とも呼ばれていた。舞台の前面の座席のことである。芝居というくらいだから、元々は芝の上に居て観ていたのであろう。やがて享保《きょうほう》年間あたりから、屋根をつけた芝居小屋が公儀から義務づけられた。それから、桟敷と呼ばれるようになったという。

舞台では、大道具や転換のためのカラクリを調べるために、木槌や金槌の音がしている。それによって、時々、桃太郎の声が掻き消されるが、

「役人と揉めたら、また芝居が打てなくなるんだからね。そこんとこ、考えて貰わないと困るよ。まったく、またぞろ余計なことに首を突っ込むンじゃないでしょうねえ……」

と桃太郎は、芝居では立役であるにも拘《かか》わらず、案外、肝の小さなことを言う性分であった。立役とは善人役のことで、実事師、辛抱役、捌《さば》き役、荒事師、和事師など、様々な決まり切った役柄がある。敵役、つまり悪役にも、立悪、実敵、公卿《くげ》敵、叔父敵、色悪など、悪党の類型があるのだ。

桃太郎一座もそのような〝形〟を踏襲していたが、敵役をする月之介が、案外、優しくて正義感に溢れていた。

「きっと、またまた世話を引き受けると思うよ、みんな」

と桜小町は、座頭の桃太郎に淡々と言った。

「もう、おまえまでッ」

「だって、あの女の人綺麗だもん。うちの座員が黙ってる訳がない」

「まッたく、なんという……私たちは人助けをするために旅をしているのではな

い。余計なことは勘弁しておくれ、勘弁を」

苛々と大道具係に八つ当たりぎみに、桃太郎は文句を垂れて、

「ああ、違う違うッ。そうじゃないだろ、もう！　私に貸せ、木槌を、ほら！」

などと荒々しい声を洩らすのであった。

その奥の楽屋では、金四郎が、月之介や女役者の梅奴、若衆の栗太郎と一緒に、先程の美しい女から話を聞いていた。梅奴は、しきりに薬研《やげん》を引く。座員たちに、薬草を煎《せん》じて飲ませるためである。

女役者は江戸市中では出てはならないことになっているが、梅奴は〝女形《おやま》〟として届けてあるから咎《とが》められることはない。もっとも、客たちは、みんな女だと承知していることである。

美しい女は、さよりと名乗って、咎人として連れ去られたのは、夫だという。

「夫？　あの咎人がかい？」

金四郎が念を押すように聞くと、

「はい。でも、どうして、私の夫があのような目にあうのか、皆目見当がつかないのでございます」

「亭主は何を？　お武家に見えたが」

「武州は小峰村という小さな村の代官、岡村又兵衛《おかむらまたべえ》と申します」

「代官っていえば、幕府の偉い役人だ。しかも勘定奉行支配のはずだが、どうして町方なんぞに」

捕まらなければならないのだと、金四郎は訊いた。もちろん、浪人を扱うのは町奉行所の仕事だが、相手が代官ならば同心が捕縛するのは越権であろう。しかし、そのこと自体よりも、どうして江戸の、しかも堺町にいたのか。女房のさよりも、どうしてここに来ていたのか、金四郎は不思議だったが、それには触れず、

「もう一度、訊くが、どうして、お縄になったのか、心当たりもないのかい？」

さよりは気が触れんばかりに首を振って、

「分かりません。──数日前、御定法を破ったから処刑になると、知り合いに聞かされまして、川越《かわごえ》にある実家より急いで来たのでございます。そうしたら、さきほどの引回しに……」

「実家へは、どうして？」

「はい……」

と、さよりが言いにくそうに俯くのへ、金四郎は気遣いながら、

「何か余計なこと聞いたかな」

「いえ……実は、一月《ひとつき》前、夫から三下《みくだ》り半《はん》を渡されまして……」

「離縁を？」

「突然のことで訳が分かりませんでした。親戚筋のお見合いでしたし、子供にも恵まれておりません。私は、どこか至らぬ所でもあったのでしょう……それにしても唐突でした」

さよりは本当に訳が分からないというように、深い溜息をつくと、憂いを帯びた目を所在なげに動かしていた。

「離縁した直後に、岡村さんは何かをしたというのかな」

金四郎が腕組みで唸ると、梅奴は閃《ひらめ》いたように頷いて、

「だからわざと、愛想尽かししたのかもしれませんよ、奥方に」

驚いた顔になって、さよりは金四郎を振り向いた。

「もし、そうだとしたら、一体何をやらかしたんだ？」

と金四郎が首を傾げると、さよりは必死に抗《あらが》うように強く言った。

「悪い事が出来るような人ではありませんッ。それだけは、言い切れます。なにしろ、碁を打つくらいしか趣味もない、謹厳実直が着物を着ているような人でし

たから」

梅奴や月之介も、どう答えてよいか分からなくなった。その時、桜小町が軽やかに飛び込んで来た。

「大変だよ、座頭……」

と見回して、「あれ？　座頭は？」

「トンカンやってるよ。何があったんだ。おまえの大変だは、団子を一個地べたに落としたことでも、命を落としたみたいに言うからな」

「そうじゃない。決まったのよ」

「だから、何が」

「さっきの咎人よ。十日後だって、打ち首」

「打ち首⁉　武士に打ち首とはよっぽどのことだぜ」

と月之介は釈然としない顔になった。それは金四郎も同じである。

「よし、俺が調べてやる」

金四郎はポンと胸を叩いてから、さよりに向き直って、

「なに。袖擦り合うも他生の縁。殊に芝居町じゃ、大切にするンだよ。もし、あんたの旦那が、何かの間違いで処刑されるなら、黙って見てる訳にゃいかねえん

でな。そうだろ、桃太郎一座のみんな」

そう金四郎が奮い立たせるように言うと、月之介、梅奴、そして申太郎や桜小町たちも頷いて、木槌で指を叩いたばかりの桃太郎を見やった。

「おいおい、慎重に頼むよ、慎重に」

と痛みで眉間に皺を寄せながらも、顔はしっかり調べろと微笑《ほほえ》んでいた。

実はこの一座、ちょっと変わっていて、八州廻りの御墨付《おすみつき》で、見廻り役を兼ねている。もちろん正式な役人ではなく、いわば関東八州取締出役《とりしまりしゅつやく》に雇われた岡っ引みたいなものである。江戸から逃げた悪人の所在などを、村々を回る旅芸人がお上に報せるのは、よくあることだった。

その代わりに、地回りのヤクザ者などと悶着となることもなく、つつがなく芝居が打てるのである。

三

金四郎はその日のうちに猪牙舟《ちょきぶね》に乗り込んで、武州小峰村に急いだ。川越からわずか半里の所にあった。

山間の里に、十数戸の粗末なあばら屋があるだけの、本当に小さな村だった。もちろん、代官の岡村又兵衛はこの村だけではなく、他に数ヶ所の村を担当していたが、陣屋はここに置いてあった。

農閑期の山道を、金四郎はひとりでやって来た。またぞろ余計な事に首を突っ込んだようだが、後ろを振り返るのは嫌いだった。花山桃太郎一座には芝居がある。いつでもどこでも行けるのが、気軽な遊び人稼業だとうそぶいて、乗り込んで来たのである。

「ここか、小峰村は……思ったよりも、ひでえ所だな、こりゃ」

荒れた土地を畑にしようとしているのか、一生懸命に耕していた数人の村人が、見知らぬ金四郎の姿を見るや、まるで熊にでも出くわしたように鍬《くわ》や鋤《すき》をその場に投げて、慌てて家に向かって逃げ出した。

「なんだ、なんだ、おい。俺は怪しい者じゃねえぞ」

と金四郎は村人の後を追って、

「待ってくれ。代官の岡村さんの知り合いだ」

知り合いというのは嘘だが、奥方のさよりから、じっくり話を聞いたのだから、方便も許されるであろう。代官の名を聞いて、村人たちも安心をしたのか、足を止めて振り返った。

村人の一人が声をかけてきた。

「ほんとうか？」

寒い中の野良仕事で、汗や鼻水もかじかんだように痕がついている。村人は訝《いぶか》しげに見て、腰が引けている。恐らく、お上から痛い目に遭っていたのかもしれない。金四郎は警戒心を解くように近づいた。

「その岡村さんが、処刑になるんだ。十日後にな。その訳を知りたい」

村人たちは益々、不安げに顔を見合わせて、身を震わせた。

「一体何があったというんだ」

「何がって……」

「悪いようにはしない。話を聞かせて貰えねえかな」

余所者《よそもの》がいきなり現れて、話をしろというのも無理があろう。しかし、村人たちにとっても、代官の岡村は特別な存在だったようだ。嫌な顔をせず、むしろ案ずるような面持《おもも》ちになって、何やらひそひそと囁きあってから、先ほど声をかけてきた男が、留吉《とめきち》だと名乗りながら金四郎を振り返った。

「まんず、こっちへ来なせえ」

案内されたのは、そこから程近い所にある竹藪《たけやぶ》の中の庄屋屋敷だった。屋敷といっても、小作の家とさほど変わりばえはしない。軒には干し柿がぶら下がり、庭に敷かれた筵《むしろ》に大豆などが干されていたが、子供が遊ぶ広さもなかった。

あばら屋の縁側には、留吉の他に、菊一《きくいち》やお染《そめ》という村人がいたが、腰掛ける金四郎をまだ警戒するように少し離れて見ていた。

留吉は庄屋の息子で、先代が病で亡くなってから、その職を継いだということだが、まだ若いせいか、少し頼りなげに見えた。

「たしかに、岡村様はお代官だっただ」

と留吉はぼそりと言ってから、話し下手を懸命に隠すように訥々《とつとつ》と続けた。

「あれは……二月《ふたつき》ちょっと前のこった。おらたちの村に、大きな山津波《やまつなみ》が起こってな」

何度も通った嵐のせいであろうか、村のあちこちで裏山が崩れて、土砂が家屋を飲み込んだ。薙《な》ぎ倒される樹木や崩れる岩場から、村人たちが子供や老人を連れて悲鳴を上げながら逃げるのを、ゆうべのことのように覚えているという。

改めて、金四郎が辺りを見回すと、たしかに土砂で潰れたままの田んぼや畑が、荒れ地のように広がっていた。

「一瞬の出来事だった。でっけえ山が頭の上から崩れて来たんだ。人間の力じゃ、もうどうしようもねえ」

と留吉は家族を亡くしたのか、目を真っ赤にして話した。

「何十人もの人間が、あっという間に死んだよ。運良く助かったおらたちゃ、途方に暮れるしかなかった……かかあや子供を亡くした者も沢山いたからな。俺も、おふくろを……」

「……」

「何処《どこ》か行くあてのある者はいいが、身寄りもツテもない者は、寝る所もねえまま何日も何日も、物乞いみてえによ……」

悔しそうに拳を握り締めて、留吉は何度も膝を叩いて、「世の中てなあ、弱い者や貧しい者に過酷な仕打ちをするって、よーく分かったよ」

「その様子を見て、御公儀は何もしちゃくれなかったのかい？」

金四郎が同情のまなざしを向けると、少し年輩の菊一の方が苛立ったように、

「取って付けたようなお慈悲はあったよ。けど、そりゃとても人の暮らしじゃねえ。犬小屋みてえな所に押し込められてよ」

「……」

「そん時の代官が岡村様だ」

そう菊一が言うと、村人たちは押し黙ってしまった。しばらく静かな時が流れると、お染がぽつりと、

「ああ……初めは酷い役人だと思って、みんな八つ当たりしたんだよ」

と慙愧《ざんき》の念に堪えないような顔になって、岡村に対する仕打ちを正直に話した。まるで、自分たちの罪を告白するように、痛々しい顔で、

「本当に酷いことをしてしまった」

被害を免れた野原に、岡村が私費を投じて、お救い小屋を建てた。しかし、それはまさに付け焼き刃であり、また焼石に水と言われても仕方がないほどの粗末なものだった。

米や芋などの食べ物や寝場所を確保するための布団や茣蓙《ござ》も十分に届かず、村人たちは来る日も来る日も、野宿をしていた。

だが、村人の不満は募るばかりで、代官の手代や手付を率いて、精一杯頑張っている陣羽織の岡村又兵衛に泥団子を投げつけた。

岡村は躰や顔に泥を受けながらも、じっと我慢していた。村人が受けた被害に

比べれば何のことはないと感じていたようだ。もちろん、すぐさま岡村は郡代を通じて、勘定奉行に伝え、そこから上の老中にも村の悲惨な状況は伝わっているはずだった。

しかし、何の返答もないまま無為に日々が過ぎるだけだった。なんとか生き長らえた者たちも不安と不満が募るばかりで、やがて、それが、

——死ぬかもしれない。

という恐怖に変わってきた。

『これがオラたちにできる、精一杯のことなのか！』

『そうだ、そうだ。布団とは言わねえ、筵くらいくれたっていいじゃないか』

『飯だってそうだ。米はなくとも、麦や粟《あわ》くらいあるだろ。それが、なんで芋のヘタなんだ！　隠してるのか⁉』

『おらたちを殺す気か！』

『あんた、仮にもお代官なら知ってるだろ。あの山津波は、自然の災難じゃねえぞ。ありゃ、御公儀が山からどんどん木を伐《き》り出したせいだ。金儲けだけのためによ！』

『そうだ。俺たちゃ先祖代々、この山を守って来ただ。楢《なら》があればブナもある、

どんぐりが一杯だった山だ。それを、普請事業の事だけ考えて、ハゲ山にしやがった。雨が降りゃ崩れるのは当たり前だ。そんな山にしたのは何処の誰だ！　あんたたちじゃねえか！』

村人たちは、茫然と立っている岡村にしがみついて、

『おっとうを返してくれよッ。息子を返してくれよ！　みんな、あんたたちお役人が殺したんだ！』

と叫んで殺してしまうくらいの勢いで責め立てたという。

「今思えば、酷い事を言ったと思う」

お染は申し訳なさそうに俯いた。

「でも、岡村様は、私たちの気持ちを分かってくれて、それからすぐに、御公儀の御用米を流してくれただよ」

「御用米を？」

金四郎が疑念を抱いた。まさに、御用米の流用となると、死罪に値するからだ。お染は承知していると何度も頷きながら、

「それだけじゃねえ。寝起きする長屋も建ててくれたんですよ……それからは岡村様自身も、私たち村人たちに混じって、粥《かゆ》を作ったりして寝起きを共にしてく

れました。万が一、また何かあれば、すぐに対処できるようにと。そして、少しずつ元の村にしようと励ましてくれたんだ」

「……」

「そんなある日、関東郡代の本多頼母《ほんだたのも》様が、数人の家臣を引き連れて来ました。てっきり、助けに来てくれたのだと思いました。ところが郡代様は……」

村人と共に働いている岡村に対して、郡代は、忌々《いまいま》しい顔でこう言った。

『なんという様《ざま》だ、岡村』

『これは郡代様。ご視察、ご苦労様にございます』

『誰が、御用米を使ってよいと言うた。あれは飢饉《ききん》に備えたものであるぞ』

『それを承知で使いました。この不測の災害も、飢饉と同じ。家や身内を失った者に振る舞うのは、当然の事と判断しましたゆえ』

『黙れッ。御用米は、御公儀にお伺いを立ててから、幕閣の差配によって使うのが決まりだ。切腹では済まぬぞ、岡村』

岡村は毅然と郡代に向かって、

『もとより承知の上でございます』

『しかも、そこな村人たちは、山津波が起こったのは、藩の施策の誤りだと腑抜けた事を言うておる輩《やから》ではないか。そのような者に、公儀の米を分けてやる謂《いわ》れはない！』

郡代の本多は鋭い眼光を岡村に向けて、家来たちに命じた。

『岡村を引っ捕らえろ！』

しかし、岡村を庇《かば》って、村人たちは立ち塞がった。

『ならねえッ。岡村様はオラたちのために、働いてくれただ。あんたら、こんな目に遭ったおらたちに、一体何をしてくれた！』

『邪魔だ。それぃッ』

すぐさま刀を抜き払った郡代は、無礼打ちにする勢いで振り上げた。岡村は必死に村人たちに叫んだ。

『みんな、やめてくれ。怪我をしちゃ元も子もない。これは私のことだ……余計な手出しはやめなさい』

大人しく前に出る岡村を、役人たちは六尺棒で激しく打ちつけて取り押さえた。無抵抗の岡村を何度も何度も憎々しげに叩きのめしたという。

「そんなことがな……」

金四郎は村人から話を聞いて、怒りで身震いした。そして、淡々と何も言わずに、同心の村上に連れ去られて行った岡村の姿を、瞼《まぶた》の裏で思い浮かべていた。

四

その日のうちに、堺町の芝居小屋に戻った金四郎は、楽屋でたむろしている花山桃太郎一座の座員たちと車座になって、事情を話していた。

桃太郎たちは、小峰村には行ったことはないが、似たようなことは色々な村で起こっていると知っていた。

「そうですか、岡村がそんなことを……何も話してくれないから、私は今の今まで知りませんでした……私は本当に、至らぬ妻です。そんな気持ちでいたことも、処刑になる覚悟で村人たちのために働いていたことも知りませんでした」

「愛想尽かしは、あんたに、累が及ばないようにするためだったんだな、きっと」

金四郎がそう言うと、さよりは申し訳なさそうに慟哭《どうこく》しながら、

「そうかもしれません……でも、こんな私なら、離縁されて当たり前です。夫の気苦労を何ひとつ分かっていなかったなんて、妻にあるまじき……ごめんなさ

い、何も知らずに……でも、あなたに何かあったら、私も死にますから。後から、行きます」

　さよりは胸の懐刀をぐっと握り締めた。

　金四郎はその手に手をそっとあてがって、

「よしなよ、そんな。後追い心中なんかしても、岡村さんはちっとも喜ばねえ。ああ、離縁をした甲斐《かい》がないじゃねえか」

「でも……」

「分かってるよ。これで、処刑が罷《まか》り通るなら、この世は真っ暗だ。正直者がバカを見て、潔《いさぎよ》い人がコケにされる。まっとうに生きている者が損をする世の中になっちまうじゃねえか。なあ、みんな、そう思うだろ？」

　金四郎の言葉に、桃太郎たちも大きく頷いて、

「岡村さんは見せしめだよ。代官の岡村さん自身が御定法を犯した。それを真似て百姓たちが、あちこちで逃散《ちょうさん》や一揆《いっき》を起こしたんだとよ。でも、そこまでするかね、ふつう」

「ああ。どうも、郡代の本多というやつが臭い」

「そう言えば……町で聞いたんだけど、山津波で集まった義援金を、郡代の本多

頼母がガッポリ、という噂もあったしな。それが本当なら……」

するとと金四郎の目が鋭くなって、桃太郎に向き直ると、

「座頭。もう、出来たんじゃないのかな、筋書きが」

「筋書き？」

「ええ。もちろん、お芝居のですよ」

金四郎は意味ありげに微笑を浮かべるのへ、桃太郎もにこりと返した。

「そうだな……郡代が悪さをしてるとなりゃ、こちとら黙ってるわけにはいかねえな」

「で？　座頭、その筋書きは」

「言わぬが花。細工はりゅうりゅう、仕上げをごろうじろってもんだ」

と桃太郎は大見得《おおみえ》を切ってみせた。やはり、座頭も庶民が好きな役者稼業。本音では、困った人を見たり、義憤に駆られることがあれば、まっすぐ正面を向いて、大向こうからかかる声に答えたいのであった。

材木問屋『三河屋《みかわや》』は深川木場町の真ん中にあった。元禄《げんろく》十四年（一七〇一）に、十五軒の材木問屋が幕府に願い出て、九万坪の土地を得た。地代を払って埋

め立てて、掘割を通して橋を渡し、広大な材木の町にしたのである。

老舗《しにせ》の『三河屋』の先祖も木場の創始者の一人である。さすがに、立派な店構えで、近くの他の材木屋に比べて、規模が違っていた。まさに横綱の風格である。

大きな軒看板の下では、帳簿を手にした番頭や手代、取引客や人足などが、ひっきりなしに出入りしていた。

その店の奥座敷では、いかにも俗物らしき三河屋儀右衛門《ぎえもん》が、鼻先にできた吹き出物に触れながら、目の前で三つ指をついている商家の女将風《おかみふう》を見ていた。

「郡代の本多様のご紹介とか？」

「はい。さようでございます」

と顔を上げたのは、梅奴である。

「今度の普請に使う材木を賄《まかな》うために、木曾より招かれました、楢屋《ならや》の女将、おりんと申します。女だてらに、材木問屋の主だなんてとお笑いでしょうが、主人が二年前に亡くなりして」

三河屋は怪訝に見やって、

「そんな話は聞いておりませぬが？」

「あら、御前様ったら、私との関わりを隠しておく事などないのに」

と意味ありげに微笑《ほほえ》んだ。明らかに男と女の関係を匂わせた態度である。その妖艶な笑みに少し戸惑った三河屋だが、ほとんど信じていないという顔で睨《にら》み返した。

「御前様には主人が亡くなる前から色々とお世話になっておりました」

「関東郡代が木曾、とはな……」

「あら。木曾一帯は尾張藩と御公儀の領地が入り混じっております。水利奉行も兼ねた笠松代官の前任者はどなたでございました？」

「ああ。そういえば……」

「はい。本多頼母様でございます」

「しかし、楢屋の名は聞いたことはあるが、その女将と御前様が、商いで繋がっているとは耳にしたことがない。もちろん、そういう仲ということもな」

と舐めるような目つきになるのへ、梅奴は淡々と、

「三河屋さんだって、色事のこと一切を御前様にお話しなさいますか？　商いのことも」

「ま、そうではないが……」

「でしょ？　それはともかく、武州のあちこちで起こった山津波のせいで、材木が不足しているとか……」

梅奴は相手の反応を見ながら、少しもじもじしたような仕草で、

「それに、今度は、将軍様御上洛に際し、東海道中の宿場という宿場の本陣を、建て替えるのでございましょう？」

「……それも本多様が？」

「はい。大きな普請でございますよね。御公儀が諸藩に命じてなさることとか。本陣を持つ藩はたまったものではありませんでしょうが、三河屋さんにとっては大きな商いになりますね。私も何とかお役に立って、手前共の誇りにしたいと存じます」

傍らの菓子包みを差し出して、梅奴は潤んだ瞳を向けたまま、

「甘いものがお好きと聞き及んでおります。お収め下さいませ」

「甘いもの、ねえ」

チラリと箱を開けると、封印小判がぎっしりと詰まっていた。三河屋にとってはさして珍しいモノではない。普請の材木を発注せよとの賄賂《わいろ》であろうが、三河屋はそれよりも梅奴の腰つきが気になっていた。少し膝がずれるたびに、腰の膨

らみが色っぽく動く。その衣擦れの音と柔らかそうな肢体を思い描くと、三河屋は思わず喉が鳴った。

「あっ」

と梅奴の膝が崩れて、ちらり白い足が見えた。肌の下の血の流れが見えそうなほど透明感漂うなめらかさだった。すぐさま体勢を立て直そうとしたが、さらによろめいて三河屋にしなだれかかった。

襟やうなじから匂い立つ、ほのかな梅の香と女の体の匂いに、

「よ、よいでしょう……」

と三河屋は堰《せき》を切ったように抱きついて、乱暴に帯をほどこうとした。梅奴は少しだけ拒んだが、それは形だけで、目は潤んだままだった。

「むふふ。殿もその気で、おまえさんを寄越したのでしょう」

「いけません。そんなご無体《むたい》な」

「このまま何もしないことの方が、私にとっては無体なこと……嫌がるな。さあ、すぐに極楽へ送ってあげるから。ほれ、ほれ」

と帯を緩めたとき、サッと障子が開いて、三度笠《さんどがさ》に股旅《またたび》姿の男が立った。

渡世人に扮《ふん》した金四郎である。

「見たぞ見たぞ、三河屋」

ポンと張りのある声で、乗り込んで来た金四郎は三河屋の着物の裾を踏みつけて、「やいやい。てめえ、どういう魂胆で、俺の女房に手を出しやがるんだ」

三河屋はギョッと目を見開いたままで、

「な、なんだ。おまえは……」

「なるほどな。表向きは真面目な顔で、御用商人を気取っていながら、いつも、こうやって金や女をせしめてから、相手に商いをさせてやってんのか。まったくもって、嫌なやろうだぜ」

「誰かいないか、誰か！」

大声を上げて店の者を呼んだが、金四郎は呼びたければ呼べと一向に構わなかった。梅奴は自ら帯をばらりと解いて、着物をはだけると、部屋の隅でよよと泣いた。

「つ、美人局《つつもたせ》だな、おまえら……！」

「そんなもん、あんたにとっちゃ悪さにも入らないだろうが」

「なんだと」

「山津波で集まった義援金も、困った人にはろくに使わず、てめえが懐に入れたそうじゃねえか。でっぷり肥えやがって」

とドテッ腹を蹴って、金四郎は仰向けに倒れた三河屋に馬乗りになって、二、三発、頰を張った。

「し、知らん！」

悲鳴を上げて助けを求めて逃げようとしたが、金四郎は今度はうつ伏せに押し倒して、髷《まげ》をつかんで床に顔を打ちつけた。

「やい、三河屋！　おめえの命に代えても、白状して貰うぜ」

「せ、先生方！　た、助けてくれえ」

その時、渡り廊下を踏み鳴らす音がして、障子戸が開くと、痩せ浪人が二人、踏み込んで来た。そして金四郎の姿を見るなり抜刀して、問答無用で斬りかかって来た。素早い身のこなしでかわした金四郎は、

「用心棒がいるとは、さすが、悪さをしているだけのことはある」

と襖を蹴破って隣室に逃げた。刀を抜いて対決してもよいが、金四郎の腰のものは、芝居用の竹光《たけみつ》である。

「先生方ア！　とっとと、やっつけて下さいッ。後始末はどうにでもできますから」

隣室に浪人たちが飛び込んだ途端、顔面の人中《じんちゅう》に金四郎の裏拳をもろに喰らい、そのまま卒倒してしまった。人中は急所である。

梅奴がサッと立ち上がって、帯を慣れた手つきで締め直す間、金四郎は三河屋の胸ぐらを摑んで、

「おめえは、気絶じゃ済まねえよ。逃がす訳にはいかないんだよ」

とゆさぶった。助けてくれと喉の奥で情けない声を洩らすのへ、梅奴が見得を切るように床を鳴らして、

「私たちの分け前も、たんと貰おうじゃないか」

「え……？」

「あんたが儲けた金を、ちょいと回してくれりゃいいんだよ。いいね。でないと……どうなっても知らないよ。それとも、ここで、あたいと心中するかい」

梅奴はタチの悪い女を堂々と演じきったが、舞台で見るよりも迫力があると、金四郎は思っていた。

五

常陸筑波郡《ひたちつくばごおり》上郷村とともに、寛政二年（一七九〇）に、江戸の石川島にも人足寄場《にんそくよせば》が設けられていた。無宿人や罪科を免れた咎人が、収容されて労働させられる所である。

江戸周辺では、飢饉や天災などで暮らしの礎《いしずえ》を失った百姓たちが、江戸に流れ込んで来て、窮状のために罪に手を染める者が増えてきた。田沼時代には、無宿者は佐渡金山に送られる一方、微罪の者は深川茂森町の無宿小屋にて更正させられた。

それでも、なかなか帰農できない者たちは、やはり江戸にあぶれてくる。それが犯罪の元凶になるからと、長谷川平蔵《はせがわへいぞう》によって隅田川下流中洲を埋め立てて、およそ一万七千坪の寄場を作ったのであった。

ここでは、鍛冶《かじ》、大工、左官、紙漉《かみす》きから草履《ぞうり》作り、屋根葺《ふ》きに至るまで、様々な作業を強《し》いられた。後の天保の改革以降は、油絞りという重労働を課せられるが、当時はあくまでも〝社会復帰〟のための施設であって、牢獄ではなかった。

しかし、それも表向き。治安を脅かす無宿人相手であるから、どうしても厳しく扱うしかない。引受人もいない者になると、世間に出ても、またぞろ悪さをして元《もと》の木阿弥《もくあみ》になるのが常であった。それゆえ、若年寄支配の寄場奉行のもとで虐《しいた》げられるのは、やむを得ないことだった。

金四郎は、大島町の火《ひ》の見櫓《みやぐら》から、老中松平下総守《しもうさのかみ》の屋敷越しに、石川島の人足寄場を遠眼鏡《とおめがね》で見ていた。

六百坪の建物内の作業場は見えないが、表で作業をしている者たちは見える。素行のよい者や、各班の長などは場外で溝浚《どぶさら》いや、一般の人足に混じって荷物運びや普請作業を手伝っていた。

「人足寄場とは名ばかり。牢獄島と呼ばれる地獄だとさ」

と、すぐ横で見張っている次郎吉が忌々しい表情をした。

「牢獄島、か」

「しかし、金の字。元とはいえ、代官といや侍だ。そんな人が、どうして、人足寄場なんぞに入れられるんだ？」

「そこんところが、俺にも分からねえ」

「おかしな話じゃねえか。咎人ならば、小伝馬町の牢屋敷に入れられるはずだし、しかも侍だから揚屋という、町人とは違う所で処刑まで待たされるはずだ。一体、どうなってるんだ？」

「さあ……裏に何かあるな。御用蔵を破ったがために、無宿人扱いにされたのかもしれねえ。そして、処刑を取りやめて、人足寄場で〝獄死〟させる」

「何のために」

「岡村さんは、武州だけでなくてな、関八州の色々な村のちょっとした〝立役〟になっているんだよ。獄門台に登らせたりしたら、それこそ一揆が津波みてえに膨らむかもしれねえ。だから、知らないうちに消す……それが狙いかもしれねえ」

「そんなことを⁉」

お上がする訳がないと、次郎吉は思ったが、組織を守るためならば、なんでもありが、お上というところだ。悔しくて地団駄《じだんだ》を踏みそうになったが、狭い所だから、じっと我慢した。

金四郎が見つめる遠眼鏡の中に、石川島の一角が映った。

江戸湾に向かって佃島《つくだじま》があるが、手前には小さな水路があって、そのまま横付けされた小舟に乗れば、隅田川河口に向かって遡《さかのぼ》れるようになっている。そして、十数人の収監人たちが、自分の身の丈ほどある荷物を運び込んだり、逆に積み込んだりしている。中には、まだ十四、五の子供や足腰の弱い老人もいるようだ。

「あっ……！」

思わず、金四郎が声を出した。

遠眼鏡の中で、俵を運んでいた老人の腰が抜けたように、がくりとなって倒れたのだ。しかし、見張り役人は馬の鞭でビシッと叩いている。

「こらッ、なまけるな！」

とでも叫んでいるようだ。

腰の痛みを訴えている老人に、役人はさらに鞭を振り上げて、叩きつけようとしたその手をガッと摑んだのは、岡村だった。険しい顔で役人を小手投げで倒すと、激しく言い争っているようだった。

明らかに岡村は老人を庇ったようだった。

怒りの顔で立ち上がった役人は、岡村をビシバシと鞭で打ち、他の役人も来て袋叩きにした。それでも、岡村は歯を食いしばって堪えている。老人への鞭が自分に来たからよかったと思っているようだ。

その岡村の姿は、遠眼鏡で見ている金四郎から見ても悲しいくらいに腹が立った。

「まったく、なんてえ奴らだ。このままじゃ、本当に、処刑の前に殺されちまうぜ」

次郎吉も怒り心頭に発している。

「さて、どうやって潜り込むかだな」

金四郎が遠眼鏡を離してそう呟くと、次郎吉は首を傾げて、

「潜り込む？　どういうことだよ」

「そういうことだよ」

「ハア？　金の字。おめえ、まさか人足寄場に忍び込んで、あの代官を助け出そうなんてことを考えてるンじゃあるめえな」

「そのまさかだよ」

「バカも休み休み言え。あれだけの見張りがいるんだ。入れっこねえだろうが。おまえまで、牢獄島送りになるのが関の山だ」

「なんだ兄貴。案外、肝っ玉、小せえんでやすねえ」

「な、な……」

「まいいですよ。別に兄貴に入ってくれなんて頼んでませんから」

「言うに事欠いて……」

なぜか次郎吉の顔は、目の玉が飛び出しそうなほど真っ赤になった。

「バカにするんじゃねえぞ、こらッ。肝っ玉が小せえとはなんだッ。俺はこう見えてもな、泣く子も黙る次郎吉様だ。ガキの頃は、どんな所でも、ネズミみてえにするすると入っては銭を盗み……」

アッと自分で口を塞いで、そんなことはしてねえと否定してから続けて、

「てめえなんざに、バカにされる筋合いはねえんだよ、すっとこどっこい！」

「ま、そう興奮せずに。兄貴の出番も考えてあるから」

金四郎はポンと次郎吉の肩を叩くと、するすると猿《ましら》のように火の見櫓から降りた。それを見ていた次郎吉も、俺の方が身軽だよと見せつけるように梯子《はしご》の内側から滑り降りて、町火消しの屋根の上に、ひょいっと飛び降りた。

その日の花山桃太郎一座の演目は、『武州《ぶしゅう》郡代悪事山津波《ぐんだいあくじのやまつなみ》』という笑いをふんだんに取り入れた通し狂言であった。

座頭の桃太郎はたった一晩で、台本を仕上げて、口立てで役者の稽古をした。

突然の変更に、客も驚いていたが、座元もびっくりしたようである。しかし、楽屋でわいわいがやがやと箱鏡に向かって、それぞれ化粧をしている中太郎や梅奴たちは、いつになく浮かれていた。

「今日もまた、これぞ桃太郎一座というものを見せてやろうじゃないか」

中太郎や月之介は盛り上がっているが、桃太郎の方はというと、

——またぞろ、金四郎の奴に乗せられてしまった……。

と半ば後悔しているようにも見えた。

金四郎は笑顔でうろつきながら、

「や、ありがたい。みんなして、素晴らしい狂言を頼んだぜ」

と一同を励ました。

実は、金四郎、本芝居では地方《じかた》で笛を吹くほどの腕前なのである。森田座で演じていたところを、中村歌右衛門に招かれて、時々、吉村金四郎の名で出演しているのである。囃子方《はやしかた》をしていたことは、『帰雲子伝《きうんしでん》』という史書にも記されている。

「でも、今日は表方で出たいくらいだぜ、役者でよう」

「それは、いけねえ。金公に出られちゃ、俺たちが目立たなくならあ」

　と申太郎は冗談を笑って受けながら、「俺たちは芝居を打つのが仕事。芝居を打つのは、人助けという大切な意味がある。みんな、しっかり頼んだぜ」

「バカ、申太郎。おまえが言うせりふじゃないわよ」

　梅奴は桃太郎を見て、

「ね、座頭」

「ああ。楽しませながら、人の役に立つ。役者は、役に立つ者。な、そうだろ」

　と言う桃太郎の言葉に、一同はなぜか武者震いをしていた。

　役者は、元々ワザオギと言って、神様を楽しませる人のことを言い、俳優という字が書かれていた。明治になって、はいゆうと読むようになったが、本来は、ワザオギという。そして、お客様は神様だという思いで、一座は熱演をふるうのであった。

　今日は、烏帽子《えぼし》直垂《ひたたれ》の悪郡代役に月之介。

　手足を縛られた囚人姿は栗太郎。

　この二人が狂言の、シテとワキのように軽快に掛け合って芝居をしている。

「黙れ下郎！　この左近将のわしが悪事を働いておるというのか」

「悪事も悪事、大悪事ィ。拙者が殿中の備蓄米を持ち出したのは、ひとえに、山津波にあった人々の為だ。それで死罪たア、お天道様も顔をしかめらあ」

「おのれエ⁉」

「それに引き換え、おまえの所業、諸国から集まった善意の金、義援金を、がっぽがっぽと己が懐に入れては知らぬ顔。それで天下を治めるお人とはこれ、臍《へそ》が茶を沸かすわい」

「黙れ、黙れ。わしの差配に逆らうのか！」

サッと刀を抜いて構えた。

そこへ、天狗《てんぐ》姿の桃太郎が駆け出て来る。

「待て待て待て待てい！」

――ヨッ、待ってました。桃太郎！

――日本一！

などと掛け声が大向こうからかかった。

「な、何奴じゃあ」

月之介が隈《くまど》取りをした真っ赤な顔で振り返ると、

「てんてん天下の人助け、天罰加えて進ぜよう」

と桃太郎が惚《とぼ》けた声で歌いながら、さらりと刀を抜いた。

「うぬぬッ。ちょこざいな」

ヨッ、ハッ、ヨイノ、ハッ！

と形式美に乗っ取った殺陣《たて》を披露していたときである。

客席を踏み荒らして、町奉行所同心の村上が捕方を率いてドッと乗り込んで来た。

素顔に戻った月之介が、

「なんだ、なんだ。俺たちの芝居にケチをつけようって言うのか⁉」

と裾をめくって声をあらげると、芝居とは違うと察知した観客たちが、ざわめき始めた。突然のことに、泣き出す娘たちもいた。

村上がいきなり怒声を発した。

「御政道を批判する輩めが、おとなしく縛《ばく》につけい！」

桃太郎は天狗面を外すと、淡々と受け流して、

「私たちは、自由に芝居をしているだけです。この舞台のどこが、御政道にとって不都合なのです！」

と桃太郎は、月之介たちを袖に押しやって、デンと胡坐《あぐら》をかいた。梃子《てこ》でも動かないという強い意志が、逆立った眉毛に表れていた。

「ここは私たちの聖なる舞台です。役人だろうが何だろうが、檜《ひのき》舞台を土足で踏みにじる奴らは、この俺が許さねえ。いやさ、よしんば俺が許したとしても、お客さんが承知しねえでしょうよ」

「そうだ、そうだ」「帰りやがれ」「邪魔だ、邪魔だあ」「俺たちは芝居を観に来たんだ」

などと声が飛んで、芝居小屋の中に緊迫感が走った。その客を代表するかのように、金四郎が飛び込んで来て、桃太郎を庇おうとした。が、村上もそれくらいは予《あらかじ》め読んでいたようで、

「構わぬ。こやつも一緒に引っ立てい」

と観客を蹴散らすようにして、金四郎と桃太郎をお縄にして連れ去った。

「これがやりたかった訳ね……座頭と金公は。どうも妙だと思ったンだ」

月之介と栗太郎は楽屋に戻って来たが、

「ほら、早くッ。みんな、しばらく身を隠すぞ」

と座員たちを裏口から抜けさせた。

六

人足寄場に送られたのは、その日のうちだった。ろくな白洲《しらす》もせず、吟味与力の簡単な手続きだけで、〝牢獄島〟送りとは、あまりにも杜撰《ずさん》な処分だ。だが、これもまた、金四郎の読みだった。

遊び人は無宿者同然の扱い。そして、旅役者もひとたび犯罪者となれば、小伝馬町牢屋敷には入れられない。やはり無宿者扱いとなるのである。

作業場とは別棟に、ほとんど雑魚《ざこ》寝《ね》状態の小屋がある。番人に連行されて、押込められた金四郎と桃太郎は、同じ屋根の下にいた岡村に近づいた。

牢番人が鍵を閉めて立ち去るのを見やってから、

「無事でよかった。岡村さん」

と声をかけた。

「？……」

「俺は旅役者、花山桃太郎。あなたが引き回されていた時、奥方に会いましてね」

同心に引き回されていたとき、庇って入ってくれた一座の者だと、岡村は思い出したようだが、俄《にわか》に表情が曇った。そして、拘わりたくないとでも言いたげに横を向いた。

金四郎は遊び人だと名乗ってから、

「小峰村の人たちからも話を聞きましたよ。あなたは、何一つ悪いことをしちゃいねえ。だから、こんな所にいることはない」

と同情の目で語ったが、岡村は冷ややかな表情のままだった。見張り番に暴行を受けた生傷が痛々しいが、平然としている。

「何を言ってるのか、さっぱり分からぬが？」

「あんたは、一人で罪をしょいこむ覚悟で、奥方と離縁までした。御用米を山津波に遭った人たちに与えるためにね」

金四郎はじっと見つめたが、岡村はそっぽを向いたままで、

「よしてくれ。第一、私には女房なんておらぬ」

「さよりさんは、死ぬ覚悟なんだぞ。あなたの後を追ってね」

「……」

「たとえ三下り半を突きつけても、さよりさんの心の中じゃ、まだあなたが夫の

ままなのだ。だから、人づてに聞いて、居ても立ってもいられず……」

金四郎が言葉を詰まらせると、桃太郎がそっと岡村の肩に手を添えて、

「私たちだって、好きな芝居をしてるだけです。でも、お上に都合の悪い芝居をやると、目の色を変えて捕らえに来る。そんな世の中はまっぴら御免だ。だからこそ、岡村さんを逃がしたいのです」

「……」

「まっとうな事をしたあなたが、どうして断罪されなければならないのです？」

「御定法を破ったことは事実だからだ」

「潔い話だねえ」

と金四郎がまた責めるように言った。

「悪法もまた法というわけですかい。でもね、岡村さんよ。だったら、その法を変えるように頑張ってから腹を切るのが侍だ。黙って、刑に服すのを潔しとするのなら、そんなのは間違った潔さだ。誰にとっても、ええ……奥方にとっても、百姓にとっても一文の得にもならない潔さだと思いますがね」

「若いのに……」

岡村は金四郎の顔を改めて見つめ直して、「若いのに、よくモノの道理を語る

人だ」

「こいつはそこんところが、いいというか、おかしな奴なんですよ」

と桃太郎が付け加えて、

「人足寄場に入って、あんたに話をしたい。逃がしたいと言い出したのは、この金四郎なんですよ」

「金四郎……」

「ええ。吉村金四郎。ちゃんと森田座や中村座で地方の笛吹きをしてるんだ。だからかどうか、お上が権力を笠に着て、曲がったことをするのが大嫌いなんだってよ」

岡村の顔色がほんの少しだけ、紅潮したように見えた。金四郎は紙縒《こより》にして、帯の裏に挟んでいた紙を開いて見せた。

「……早速だが、これを見て欲しい」

紙縒を開くと絵図面があった。それには、石川島人足寄場内と、その周辺の中川船番所なども含めた、海から隅田川にかけての地図が書かれてある。

「どうして、おまえさんがこんなものを……」

岡村が不思議がるのへ、金四郎は余計な事は言わずに、地図を指しながら、

「南北は高い石垣で、見張りがいるから無理。東側は正門だから無理。だが、幸い西側は川に面している。鉄砲洲《てっぽうず》の船手奉行所からは目と鼻の先だし、隅田川の永代橋《えいたいばし》から吾妻橋《あづまばし》にかけては御用船蔵や船番、橋番などが目を光らせている……だが、逃げ道はここだけしかねえんだ」

と図面の一点を指した。

佃島に渡って、漁船に隠れて一旦、江戸湾の沖まで出る。そして、品川宿の外れに降りて、そのまま東海道を西に向かう。そこには女房のさよりも待たせてあるというのだ。

「おまえさん方は一体……」

岡村はまた不思議そうな顔をしたが、金四郎は半ば強引に、

「逃げてくれますね」

と言った。その真剣な眼差しを、岡村は真摯《しんし》な態度で受け止めていた。

その頃——。

浅草橋にある関東郡代屋敷には、三河屋が訪ねて来ていた。この場所にあるのは、千住宿に大川を使ってすぐに移動できるためなのだが、町場に相応《ふさわ》しくない

長屋門の黒塀という聳《そび》えるような屋敷なので、人々はあまり近づかなかった。

郡代もめったに天領に出向くことはなく、この屋敷にいることが多かった。

郡代の本多頼母の前には、三河屋が恐縮して座っていた。中庭の鹿威《ししおど》しが鳴るたびに、ぎくりと周りを見回しているので、本多は難しい顔をして、

「どういうことだ。わしの紹介とは」

「何しろそのならず者、凄腕でして……」

三河屋はごくりと生唾を飲み込んで答えた。金四郎と梅奴に脅されて金を払ったことを話したのだ。

「なぜもっと早く言わなかった」

「も、申し訳ありません……それより、もっと気掛かりなのは、そやつらは、例の義援金の一件を知っている様子だったので、お報せに」

「バカ者！　蟻の一穴のたとえもあろう。そんな輩がいるとは……」

本多は疑わしい目になって、

「もしや岡村め、まだ何か企んでいるやもしれぬ」

「まさか、牢抜けを……」

「ふん。できるものなら、やってみるがいいわい。待てよ……」

と本多は笑いを嚙み殺すと、扇子で三河屋の肩をビシッと叩いた。

「こうなったら、岡村の処刑を早めてやる」

七

その翌日——。

人足寄場の船着場では、岡村たちに混じって、金四郎も荷の積み下ろしの作業をしていた。岡村はまだ逃げるかどうか迷っている様子だった。

「いいですね。今日が勝負なんだからな」

と金四郎は作業をしながら、岡村の耳元に語りかけた。

「いや、しかし……」

「このまま、立派なあんたを死なせるわけにはいかねえ。百姓たちのためにもな」

「買い被らないで下さい。私は立派でも何でもない」

「何を言うんだ。みんな、あんたを慕ってるぜ」

「そもそも、私が災難の救援米を差配したのは、たまさかのこと。山津波の難を逃れた人たちと暮らしているうちに、政《まつりごと》を司る者はもっと力を貸すべきだと思っただけです」

「……」

「私だって、あの災害があるまでは、毎日が無難に過ぎればよいという駄目役人でした。偉そうなことは言えない。今でも後悔してないと言えば、嘘になる」

思わずニコリと笑った金四郎は、背中を軽く押しながら、

「正直なお人だ」

「え？」

「聖人君子なんざ、この世の中にゃ、いやせんよ。大抵は、楽したいと思ったり、ずるいことをしようと思って暮らしてる。俺なんて、できることなら何もいいことはしたくねえって性根の塊だ。でもね、あんたみたいな人を知って放っておいたら、それこそ地獄に堕《お》ちるような気がしてよう」

「……」

「大勢の人が頼りにしている。あなたが必要なんだ」

金四郎の笑みに、岡村もつられて微笑み返した。

「おかしな若者だな、おぬし」

そう呟いたとき、寄場役人が近づいて来て、小馬鹿にしたような顔で、

「岡村。来い、独房行きだ」

「なぜだい！」

思わず突っかからんばかりの勢いで迫った金四郎を、役人はドンと押し返して、

「明日の朝、処刑することに決まった」

「え、そんなバカな。なぜ、早まったンだ、え！」

「余計な事を訊くな。とっとと働け」

と怒鳴りつけると、岡村を引き連れて、人足寄場の片隅に行った。

「これは、まずいことになったな……」

金四郎は唇を噛んで見送っていたが、監視の目を盗んで荷物の陰に隠れながら、河岸の方へ駆けて行った。

既に他の荷船に混じって、小ぶりの舟が一艘、停泊している。

漕ぎ手は頰被りをしているが、申太郎が扮しているのだ。

「おい、金公」

船縁《ふなべり》に近づいた金四郎は目顔で頷き、俵の荷物を担ぐふりをするのへ、申太郎

が小さな声で問いかけた。

「どうだ。すぐにでも、逃がせられるぞ」

「それどころじゃねえ……」

と金四郎は焦りの色を浮かべて、「岡村さんの処刑が早まった。明日の朝らしい」

「え⁉」

「いずれにせよ、勝負は今夜だ。なに、案ずるには及ばねえよ」

金四郎が荷物を取り上げた。その舟の床は、二重底になっているのだ。それをチラリと見て、申太郎に言った。

「後は、おまえたちの芸の見せ所ってとこだ」

その夜半過ぎのことである。

牢屋になっている建物の一角から、突然、炎が上がった。火はめらめらと燃え続けて、物凄い勢いで広がった。あちこちから役人たちの慌てた声が飛び交うが、就寝時の人足寄場の建物は外から施錠されている。

「火事だ」「火事だぞー！」「燃え広がって来たぞ」

の役人たちの連呼に、人足たちは悲痛な声で助けを求めた。

その時――。

陣笠陣羽織の寄場奉行が駆けつけて来た。普段は下級役人に任せて、寄場に来ることはない。見廻りの時だけである。しかし、わずか二百俵で、二十人扶持《ぶち》の職だが、人足寄場内では老中の如き特権を持っている。逆らう者は誰一人いなかった。

寄場勘定役、寄場元締役や下役などが、人足たちを建物から出して、消火をさせながら避難させようとしたが、燃え上がる炎の勢いは激しく、もはや近づくことができない。

だが、人足寄場は一万七千坪もあるのだ。避難する所は幾らでもある。

寄場奉行は逃げ惑う囚人たちの前に凜然《りんぜん》と立って、

「者共よく聞くがよい。大火事で火の手が広がっておるゆえ、直ちに建物から離れて避難しろ。但し、明朝六つ。東岸にある通称、仏が原に集まれ。もし、この機を盗んで、逃げ出した者はきっと探し出して、極刑に処するゆえ、そう心得よ。よいな！」

囚人たち一同は、それぞれに頷いて、人足寄場の東岸へ向かって駆け出した。

役人たちも、まるで牛追いのように鞭を鳴らして導いた。

「これ！　独房も開けぬか！」

寄場奉行が傍らの、寄場元締役に命じると、訝しげに振り返って、

「は？　あの岡村は明日処刑の身。このまま殺してもよいかと」

「ならぬ。刑は刑。火事は火事だ」

「しかし……万が一、かような事態になれば、そのまま亡き者にせいと、お奉行自ら、通達して来たではございませぬか。郡代はじめ、幕閣重職の采配であると」

「……」

「そうでございましょう？」

「気が変わった。だからこそ、解き放てと言うておる」

「はあ？」

「早うせい！」

と寄場奉行が命令をすると、元締役は闇の中で炎で輝く陣笠の中を覗き込もうとした。寄場奉行はさりげなく横を向いて、

「ぐずぐずするな！　でないと、斬り捨てるぞ！」

と腰の刀に手をあてがって、「この騒ぎの中で、このわしが、斬り殺してやるのよ。それとも、おまえがその役を引き受けるか！」

「い、いえ……滅相もない」

元締役とはいっても、御家人でも最も下級の者たちゆえ、従わなかったら即刻、罷免《ひめん》である。寄場奉行は寄場内では〝老中格〟なのだ。言うことを聞かざるを得なかった。

その寄場奉行の陣笠の中は――。

月之介だった。

もちろん、岡村を逃がすために一芝居打ったのである。

逃げ出す無宿者たちの中には、金四郎と桃太郎の姿もあった。もちろん、闇に紛れて、東岸ではなく、反対の西岸に向かって走っていた。

人気《ひとけ》のまったくない西岸の岩場に、小舟が一艘だけ浮かんでいた。役人の目につかないように船着場を避け、提灯も掲げていない。

その小舟を漕いで来たのは申太郎だ。

そこへ、金四郎と桃太郎が来て、別の方からは、月之介が岡村を引き連れて来た。

「おい、月之介さん。こっちだ、早く」

「急げ。気づかれたら面倒だ」

月之介は船縁を引き寄せて、まずは岡村を小舟に乗せた。

「火事も、あんたたちの仕業だな。なぜ、ここまで……」

「話は後だ。いいから早く」

金四郎は岡村を念のため、二重底になっている奥に入れて隠した。

すうっと沖へ漕ぎ出したが、闇の中から、突然、屋根舟が現れた。船手奉行所の舟であった。人足寄場が火事になっているので、舟を出して来たのである。闇の中の大火である。目立って当然であった。

屋根舟の舳先《へさき》には、木柵があって、船手番人が二人立っている。申太郎が漕ぐ猪牙舟がすうっと避けるように左舷に切ると、

「待て待て！　川舟手形を見せい。舟荷控えもだ」

と役人たちが声を発した。このまま漕いでも逃げ切る自信はあったが、面倒を避けるために、桃太郎が対応に出た。

「どうぞ」

通行札と荷控えの紙を見せると、番人はじっくり荷物と見比べた。

「どこまで行く」

「はい。永代橋を遡って、仙台堀へ」

「行ってよし」

「ご苦労様です」

桃太郎がそう答えると、申太郎がゆっくりと漕ぎ出した。その背中に「待て」と声がかかった。

ギクリと振り返る桃太郎は、舟底で息をひそめている岡村のことを心配しながら、

「何でございましょう」

「この刻限は、掘割の曳き舟は禁止じゃ」

「分かっております」

「舳先に灯をともして行けい」

「はい。ありがとうございます」

と頭を下げた桃太郎の額から、冷や汗が吹き出したが、堂々とした物腰だからか、番人は気がつかなかった。

八

その翌日、隅田川河畔に乗り捨てられていた二重底の猪牙舟が見つかり、岡村が人足寄場から逃げたということは、町奉行所をはじめ、郡代屋敷にも届いた。

もちろん、偽奉行が逃がした上に、金四郎と桃太郎の姿もないことから、公儀は躍起になって探していた。

当然、芝居町の花山桃太郎一座のところにも押しかけて来るとの報があったが、折しもそこへは、小峰村の村人たちも何人かが訪ねて来ていた。

実は、留吉、菊一、お染、それ以外に、三吉、七五郎という者たちも、悄然《しょうぜん》として佇《たたず》んでいた。

実は、先日、金四郎が訪ねた後で、村は郡代によって焼き討ちにあっていた。今は、あばら屋は燃え崩れ、黒焦げの柱などの残骸があるだけで、井戸は埋められ、田畑は役人たちによって踏み荒らされたというのだ。

「そんなバカな……なんで、そんな事を……」

金四郎が怒りの顔を露わにすると、郡代の悪行を余所者に喋《しゃべ》った挙げ句、岡村を擁護《ようご》するような言動をしたからだということだった。だが、留吉は岡村さえ、無事であればよいのだがと逆に心配していた。

「案ずるな。岡村さんと奥方は、俺たちがうまく匿《かくま》っている。事が収まれば、いずれ、おまえたちの村に戻ると思っていたのだがな」

と金四郎が言うと、留吉は信じられないという目つきで、

「そんなことが……」

「人間、その気になれば、何だってできるんだよ」

と励ましたが、村人たちは、まさに住むところもなくなった喪失感で、がっくりと肩が落ちていた。

「く、悔しいよ……」

村人の中には、その騒ぎで命を落とした者もいる。目の前で悲惨な仕打ちに遭いながら、庄屋として何もすることができなかったと、留吉は嗚咽《おえつ》するように泣いた。

牛松という村で一番の乱暴者は、郡代を殺すと言って出かけたまま帰って来ないらしい。返り討ちにされるのは目に見えている。

「でも、このままじゃすまさねえぞ。俺たちが何をしたってンだ。あの悪郡代を

ぶった斬る。百回殺しても、殺し足りねえ」

そう怒鳴って出て行ったのだという。

「その男なら、隅田川に浮かんだぞ」

と自身番の家主の権蔵が入って来た。同心の村上が来るという伝令だ。

「金の字。今度ばかりは相手が悪い。郡代の本多頼母様といや、いずれ勘定奉行になるお方だ。余計な事をせずに、素直に謝って、岡村さんを差し出せば、おまえたちの罪は軽くなる」

「しかしよ……」

「ここは、俺に任せてくれないか。なに、たかが自身番の家主だとバカにするなよ。この芝居町は、江戸の町人という、でっけえ贔屓がついてるんだ。お上だって、下手なことをして、大騒動になるのを気にしてる。それくれえ、芝居は庶民の力で漲《みなぎ》っている。だからこそ、お上は恐れてるンだよ」

「よく分かってるよ」

金四郎は低い声で答えたが、詫びを入れて、事を収めるつもりは更々なかった。

「どうする、桃太郎さんよ」

「あんたたちにゃ、迷惑はかけたくなかったが、ここまで騒ぎが大きくなったんだ。どうせ、郡代のやろうは、てめえの悪事を隠すがために、小峰村を焼き討ちにしたんだ」

「……」

と金四郎は全身にぶるぶると怒りを露わにして、「詫びを入れるくれえなら、パッと潔く、桜のように散ろうじゃねえか。それが、花山桃太郎一座の心意気ってもんじゃねえか？」

桃太郎に異存はなかった。

「みんな、いいな。小峰村の人々も、決して短慮を起こさぬように。それこそ、郡代の思う壺だからね。俺たちには俺たちの、やり方で懲《こ》らしめてやろうじゃねえか」

その夜のことだった。瀟々《しょうしょう》と雨が降る中庭の闇を眺めていた関東郡代の本多頼母は、屋敷の表が騒々しいと気づいたとき、少しばかり酒に酔っていた。

花山桃太郎一座の連中を、根こそぎ捕縛しようとしたのだが、若年寄から、

――人足寄場の火事と小峰村の焼き討ちとの関わりを調べる。

と報せが来た上に、芝居町への圧迫は、江戸町人の反発を考慮して、慎重を要するということで、突入を阻止されたのである。明らかに、公儀の上層部からの意図があったが、殊に老中首座・水野出羽守忠成の下達があったという。

何を遠慮することがあるのかと、本多は反発をしていたが、どうやら小峰村のことも幕閣重臣に何気なく届いているらしく、

──ひとまず、大人しくしていた方が無難だ。

と判断して、自宅待機をしていたのであった。

そこに思ってもいない騒動である。

「何だ？　表が騒々しいが」

すると、襖が少し開いて、慌てふためいた側役が顔を出した。

「う、打ち壊しにございます！」

「なんだと⁉」

「牢抜けした元代官の岡村が、領民を煽ってのことと思われます」

「おのれ、岡村ッ」

立ち上がる本多の後頭部を、いきなり、側役がガツンと殴った。気を失った本多を抱え込んだ側役は、栗太郎だった。

どれくらい時が経ったであろうか――。

薄暗い室内で、本多はハッと目覚めた。

だが、足腰に重い梁《はり》や柱が倒れかかっており、身動きできない状態だった。

「ウッ……あ、足がッ……」

少し離れた所、千両箱を腰掛け代わりにして、金四郎が座っていた。

「お気づきになられましたか、郡代様」

「だ、誰だ。おまえは」

「中間です。殿が叫び声を上げたので、お助けしようと思って、飛び込むと……屋根や壁が崩れてしまって。何者かが、わざと倒したようです」

「そんなバカな……う、動けぬ。おい、中間、何とかならんのか」

「私も足を挟まれまして……駄目です」

その時、遠くで、「わああ！」と大声で叫ぶ声が聞こえた。生半可《なまはんか》な数ではない。地鳴りがするほどの叫び声である。

「……何だ、どうした？」

心の臓がドキッとなって、本多は懸命に動こうとするが、ピクリとも動くことができない。足は麻痺《まひ》をしているのか、痛みはほとんどないが、がっちりと骨組みのように組まれて、どうやっても抜けないのだ。

「ああ！　何事だ！」

本多が苛立って怒鳴るのへ、金四郎は冷静に答えた。

「打ち壊しが始まったのです」

「な、なんだと⁉」

「焼き討ちにされた、小峰村の者たちだけではなさそうです」

「ば、ばかを言うな。百姓の分際で、お上に逆らうというのか」

慌てて逃げようとする本多だが、両足とも動けないので、まるで芋虫のようである。必死に体を動かすが、暴れるほど足に重みが加わって痛くなってくる。

「無駄ですよ、殿。——三百、いや五百人は下りますまい」

本多は数を聞いて、俄に情けない声を洩らすと、子供のように身を竦《すく》めた。

その時、隣からも、呻くような声が洩れ聞こえてきた。

「ご、御前様……」

必死に壁でも蹴るような仕草を、本多の目が捉えた。後ろ手に縛られて、倒れた梁や柱の隙間で、必死に蠢《うごめ》いているのは、三河屋だった。こちらも、まるで芋虫である。

「三河屋か……」

「はい……御前様、どうして、こんな……」

「分からぬ。百姓たちが暴れているというのだが、三河屋、おまえ、どうしてここに」

「出かけようと駕籠屋《かごや》を呼んだところ、いきなり、グルグル巻きにされて、気がつけばここにおりました」

「どういうことだ」

「私にもさっぱり分かりません」

その二人のやりとりを聞いていた金四郎は、ふんと鼻で笑った。

「何がおかしい」

と本多が苦々しく振り向くのへ、

「三河屋も一緒とは、これまた、仲良う己が悪事を呪うがいいぜ」

「な、なんだ。私が何をしたと言うのだ」

と三河屋が腰を必死に動かしながら、起きあがろうとするが、縄は柱に縛られているから、思うように這うこともできない。

「どうだ。誰も助けてくれねえ気持ちってのは」

金四郎だけは、ゆっくり立ちあがることができた。

「おまえたちは、窮地に陥った領民を助けるどころか、岡村さんが難を受けた村人のために尽力している時、裏で何をしていた。覚えてねえとは、言わせねえぞ」

「し、知らん」

「惚《とぼ》けるな！　公儀や他藩から集まった義援金一万両を、ほとんど我が物にしたんじゃねえのかい」

二人ともバタバタ足掻《あが》くが、必死に動いても無駄だと悟り、しばらくすると諦めたように大人しくなった。

「本来なら、評定所《ひょうじょうしょ》にかけられて、切腹を命じられるところだろう、本多さんよ。そして、三河屋は獄門か磔《はりつけ》だ」

遠くから、わあわあと叫ぶ怒声や、鉈《なた》や斧《おの》で何かをぶっ壊す音とともに、色々な声が聞こえてくる。

「甘っちょろいぞッ。この悪郡代！　評定などする必要はない、ここで殺してしまえ！」

「そうだ、そうだ。殺せー！」

「小峰村を焼き討ちにした仕返しだ。やっちまいな！」

「火だ火だ、火を放てぇ！」

そして、遠くから、ざわめいた声がしたかと思うと、「ええじゃないか、ええじゃないか」と叫ぶ大勢の人々の声が湧き起こった。まるで付け火を鼓舞《こぶ》するかのように、歌い踊る人々の怒りとも悲しみとも取れる声が、ずしんと伝わってきた。

「ええじゃないか、ええじゃないか」

世の中が不景気になると、一揆や打ち壊しが起こるが、その時には、神様にきちんと世直しをするとも誓いを込めて、そう連呼していた。崩れた屋敷の中に、外からの「ええじゃないか」に混じって、激しい怒声を恐々《こわごわ》と聞いている本多と三河屋は、次第に身動きできない腹立ちからか、

「なんとかしろ！　おい、中間！」

本多はそう叫んだが、三河屋は金四郎の顔を見て、アッと気づいた。

「おまえは、あの時の渡世人……！」

「なんだと？　どういうことだ」

少し混乱した本多に、三河屋が説明をしようとしたその時、ドトッと音がして、近くまで数人の人間が踏み込んで来る気配がした。もちろん、今にも襲いかからん勢いだった。

「郡代は俺が殺る。どけい！」

「ならねえ。御定法で裁くべきだ」

「法を踏みにじった奴でもか！」

「そうだ！」

「どかぬと、お前とて斬るぞ」

シャッと刀を抜く音がして、緊張が走る息づかいすら聞こえて来そうだ。

「よせッ。幾ら悪郡代に対してでも、それはならねえ」

「うるさいッ。これまで、わしらにした酷い仕打ちを、倍にして返してやるわ。ついでに、三河屋もな！」

バサッと斬る音がした。

「うわあッ！」

叫び声が上がって、ガタガタと襖が倒れかかってくると、数人の百姓姿の男たちが、本当にすぐ近くまで転がり込んで来る音がする。

「わッ！　や、やめろ！」

「殺せ、火を放てい！」

「構わぬ。こんな奴ら、生かしておく必要はない。消せ！」

三河屋は必死に這いずって逃げながら、

「ま、待ってくれ……すべて郡代がやったことだ」

と叫ぶと、本多は怒鳴りつけた。

「な、何をぬかすッ。杉を植えたいと願い出たのはお前。山津波をよいことに義援金名義で金を集めたのも、お前ではないか！」

「違うッ。すべて郡代の命令でやったこと。私に罪はない」

「黙れ、三河屋！」

「岡村を消したいのも、己が悪行を知られてるからじゃないか！」

そんな無様な二人の醜態を見ていた金四郎は、怒りにまかせて長脇差を抜き払って、

「どっちでもよい！　くらえ、三河屋！　てめえの阿漕《あこぎ》なツラを見るのは、もう飽き飽きなんだよ！」

とガツンと刀を打ち落とした。

「ウウッ」

三河屋の呻き声に、本多は俄に不安になった。

「み、三河屋……⁉」

「ヘッ、くたばりやがった。次はおめえの番だ。郡代ッ」

「や、やめてくれ。悪かった。謝るッ。助けてくれッ。岡村は正しい男だ。認める。だ、だから、許してくれ！」

「ならねえッ。小峰村を焼き討ちし、村人たちを殺したのは、俺が許しても、神仏は断じて許す訳がねえ！」

「悪かった！　金も返すッ。お願いだ……心を入れ換える。本当だ」

「まこと、己が悪事を全て認めるか」

「み……認める」

「本当だな」

「ほ、本当だ！」

金四郎が頷くと、ゆっくり、梁や柱の山が天井の方へ上がってゆく。

「？……」

すると、そこは芝居の舞台であった。

客席には、大勢の町人たちが立ったまま見ていた。そして、舞台の傍らには、桃太郎や申太郎、梅奴をはじめ座員たちが、打ち揃って百姓の格好をして立っている。

落下した梁や柱は大道具だったのだ。

「……な、なんだ」

次郎吉も顔をひょっこりと出して、

「どうでえ。俺の脅し文句も効いたが、何より、お客さん方の〝ええじゃないか〟が一番だったよな。よお！」

事態がまだ飲み込めない本多は、悲壮な顔で、客席や舞台を見回していた。その二の腕を摑んで、金四郎は立ち上がらせた。

「よく謝った。それがまことなら、潔く腹を斬れ」

唖然と金四郎たちを見る本多は、ふらつきながらも、足は怪我ひとつしていないと気づいた。一瞬訳が分からず、桃太郎たちと客席を見ているのへ、

「己がやったことだ。分かるな」

と金四郎が言った。

そして、気を失っていただけの三河屋に活《かつ》を入れて目を覚まさせると、本多は

みるみる顔が強張って、

「まさか……謀《はか》ったな！」

そう怒鳴ろうとする本多を蹴倒した金四郎は、さらに踏みつけて見得を切った。

「この世に咲く花、悪の華。摘んでも摘んでも切れぬのが、人の心を踏みにじるヒトデナシ花だあ」

「おのれ……」

悔しさに顔が歪む本多は、自らの悪事を暴露されたことを、あくまでも、

「知らぬ存ぜぬ」

と白を切ったが、後の祭りだった。

その後――。

さよりと縒《よ》りを戻した岡村は、代官に再任され、破壊された小峰村をはじめ、罹災《りさい》した他の村々の復興のために尽力したのは語るまでもない。

「そんなことがねえ……そりゃ、びっくりですよ、金さん」

背中にひとひらの桜を描きながら、彫長は『花山桃太郎一座』の〝素姓〟を知って、驚いていた。

「そんな一座があろうとは。悪い奴を叩きのめすために、いいえ世直しのために、諸国を回っているなんざ、恐れ入りました」

「今度はたまさかのことだ。いつも、あんな調子じゃ、命がもつめえよ」

「そりゃ、そうですね」

「しかし、たいしたもんだろ。義を見てせざるは、言うだけなり、ってえからな」

「勇無きなり。論語でしょ？」

「それそれ……アチッ。おい、もう少し優しく頼みますぜ、彫長の姐《ねえ》さん」

「あら、ご免なさい。つい背中の艶に見とれちゃってね。ほら、ようやく、一輪になったわねえ」

うつぶせのまま首を曲げて、障子戸の外を見ると、雪がちらちら舞い落ちていた。

「なんでえ、本当の千秋楽に雪かよ」

「それでも桃太郎一座のことだから、芝居小屋の前は、下駄や雪駄《せった》の跡で真っ黒になるに違いない。金さん、後始末が大変になりそうだねえ」

「後始末ねえ……悪い奴を掃除する方が大変だァな」

金四郎の背中が笑って揺れるのを、彫長は白い指でそっとなぞりながら見ていた。

第三話　花の居どころ

一

楽屋ではまたぞろ大喧嘩をしていた。

「立役《たちやく》だからって偉そうにするんじゃねえぞ」

「黙れ、おまえは中二階で上等だ」

「ばかやろう。こちとら座頭に許しを得てンだ、すっとこどっこい」

「女形《おやま》が口出しするな。どう足掻《あが》いても座頭にはなれねえんだからよ」

「なんだと、このやろう」

唾を飛ばしているときはいいが、そのうち子供のように摑み合いの喧嘩になる。役者同士の楽屋の部屋割りは意外と難儀で、毎度毎度、悶着のタネとなるのだ。

それもやむを得まい。役者にとって楽屋は芝居の準備をしたり精神を統一する場所だけではなく、一日中、暮らす場所でもあるからだ。

楽屋とは元々、雅楽の「楽之屋《がくのや》」から来ている。管楽を奏《かな》でる所と、舞人《まいびと》が控える場所の意味があったらしい。それが分化して、演じる〝舞台〟と演奏家の〝楽屋〟に別れた。それが後に、楽屋は役者や演奏家が、出番待ちの間に使う部屋になったのだ。

その部屋割りは大切だった。もちろん、立役だの敵役だのの役柄によっても変わるが、経歴の長さや人気の重軽によっても違ってくる。

「ばかやろう。俺は三階、おまえは二階だ」

歌舞伎は一族でやっているから、兄弟喧嘩も同じ。端から見ていたら、実に些《さ》細《さい》な事で意地を張っているのだが、舞台の居どころ、つまり立ち位置と同じで、拘《こだわ》りがなくなったら、芸も錆《さ》びるという。

三階といっても、表向きは〝本二階〟。二階のことは〝中二階〟と呼んでいる。芝居小屋は三階建てはなぜか禁止されていたからである。建物の構造上のことというより、余所者《よそもの》を隠さないために、お上が警戒したためだと言われている。芝居町という〝結界〟の、さらに奥の院を作れば、

——お上に不都合な、よからぬ事。

を画策するとでも懸念していたからであろうか。いつの世も、お上が恐れているのは、人のまっとうな心であり、権力や権威を非難する辛辣《しんらつ》な人々の言動であった。役者がその代弁者になることはよくあることなので、警戒していたのである。

喧嘩をしていたのは、文左《ぶんざ》と五郎輔《ごろすけ》という若衆と色悪《いろあく》の平役者だが、やっと大部屋から抜け出たので、どうしても譲れなかったのであろう。

しかし、本当に殴り合って怪我でもしたら、芝居にならない。そんな揉め事を、事前に止めるのも、金四郎に期待された役目のひとつであった。座元や座頭の後ろ盾があるので、金四郎はイザとなれば、その腕力で押さえ込むのである。

文左と五郎輔が睨《にら》み合ったまま一歩も引かないと踏ん張っていたとき、

「金の字。偉えこった、ちょいと来な」

と次郎吉が飛び込んで来た。襟を摑み合っている平役者二人のことなど、どうでもいいという切羽詰《せっぱつ》まった顔だ。

金四郎は文左と五郎輔に、

「よしなせえよ。お互い子供じゃないんだから。身だしなみも男っぷりもいい二人なんだから、ねえ。俺が帰って来て、まだ喧嘩を続けてると、座頭に言いつけやすよ」

と言うと、二人は若造の癖にと吐き捨てた。

「なんだと？」

と金四郎が振り向くのへ、

「いいから来い」

と次郎吉は腕を引っ張って、表通りに連れ出した。

「あのな、金の字。おまえはこの町で雇われてる身なんだから、幾ら下っ端の役者でも、物言いに気をつけろ。いいな」

「へいへい」

「返事は一回でいい」

「へ〜い」

「伸ばすンじゃねえ、ばかやろう」

「そんなことより、何なんですか、兄貴。兄貴の偉いこったアてのは、猫の子が溝に落ちたか、馬の糞を踏んだかくらいのことですからねえ」

「ばかにしてるのか、てめえ」

「まさか。尊敬してますよ」

「いや、してねえ。その目は笑ってる」

「元々、こういう目でさあ」

「それどころじゃねえ。さ、早くしろい」

　と次郎吉はさらに金四郎の腕を引っ張った。

　浜町河岸から程近い、大川土手の藪《やぶ》の中に、遺体が転がっていた。

　既に、自身番家主の権蔵が、南町奉行所同心・村上浩次郎を案内して、検分をしているところであった。

「傷口は首に一ヶ所だけ……か」

　と村上が十手で、そっと襟をずらしながら見ていると、首の左側に一筋の生々しい傷があった。

　そこへ、金四郎がやって来た。

「金の字、こっちこっち」

　と次郎吉が手を引いて来るのを、村上が振り返って、

──またぞろ、ややこしいのを連れて来やがった。

と眉を顰めた。このところ、色々な事件に首を突っ込んでは、岡っ引きみたいに、ああでもない、こうでもないと考えを巡らして、まるで捕物でもするかのように邪魔をするのだ。

しかし、これは金四郎が勝手にやっているのではなく、自身番家主の権蔵が自分の手足として使っていたからであった。

もちろん、御用札を渡しているわけではないが、村上も一目置く権蔵の〝手下〟を、無下に追い返すわけにもいかなかった。しかも、女形の名優でありながら、芝居町の町名主でもある萩野八重桜の信任が厚いとなれば、虫けらのように追っ払うわけにはいかないのだ。

「こっち、こっち」

次郎吉に招かれるままに、駆け寄って来た金四郎は遺体を見て驚いた。

「本当に死んでるじゃないか」

「だから言ったじゃねえか、大変だって」

「これを、兄貴が？」

「ああ。ゆうべのことだよ」

「ゆうべ？」

「ちょいと、柳橋のコレの所に野暮用で行った帰りによ……」

と次郎吉が小指を立てると、金四郎はすぐさま訝《いぶか》って、

「これ？　兄貴、女がいたんですか」

「いいだろ。俺だって、意外ともてるんだよ。ほんと、おまえ、俺をバカにしてるな。ま、いいや、その帰りに、この土手を通りかかったら……」

酒を飲んでいたがために、少し千鳥足で芝居町の長屋まで帰って来ると、なんだか急に立ち小便をしたくなった。じょろじょろと枯れ葦《あし》に向かってしていると、怒鳴り声が聞こえてきた。

「てめえ、ふざけるな」「なんだ、このやろう」「なめてンのか、こら。ぶっ殺すぞ」「いい加減にしやがれ」「そっちこそなんだ、ばかやろう！」

などと声が次第に激しくなってきた。

「お陰で俺はチビって着物に小便がかかっちまってよ」

「汚ねえなあ」

「そしたら、いきなり、人を斬る音がしたんだ。もちろん、叫び声もな」

次郎吉は、葦の中にしゃがみ込んで恐々《こわごわ》と見ていたが、あたりは真っ暗でよく見えない。三日月は出ていたが、ぼんやりとしていて、顔どころか姿形も分から

なかった。ブルッとなって凝視していたら、やがて少しだけ闇になれて、浪人らしき人影がぼんやり見えたのだ。

「お侍みたいだった……俺、恐くなって……そのまんま帰ったンだ」

と次郎吉はぼうっとなった顔になって、

「でも後で考えると、夢かもしれねえと思ってよ。結構、酒を浴びてたし、でもさ、気になるから、朝起きてから、権蔵さんに話して、一緒に来て貰ったんだ。そしたら……」

「昨夜、見た侍が殺した相手が、転がっていたというわけか」

金四郎が受け答えると、死体を検分していた権蔵が、

「来てみたら、次郎吉の見たとおり……でも、傷や懐などを調べてみたら、このとおり財布もあるしな、物盗りの仕業じゃなさそうなんだ」

「じゃ、怨恨ってことかい？」

と金四郎は唸って、「それにしちゃ、あっさり殺してる……次郎吉兄貴、本当にお侍を見たのかい？」

「どういうことだい」

「揉み合ってたんだろう？」

「ああ、さっきの文左と五郎輔みたいにな。間違いねえって。幾ら酔っぱらってても、侍か町人かくらいは分からあな」

「でも暗かっただろう」

「……なんでえ、金四郎。おまえまで俺を信じねえのか？」

「おまえまでってことは、権蔵親分や村上の旦那にも？」

どうやら目撃したことすら曖昧《あいまい》だと信じて貰えていなさそうだった。

「そりゃ俺はガキの頃からそそっかしい。それは認めるよ。思い込みが強いってことも、ないことはねえ」

「自分で分かってんじゃねえですか」

「そうだよッ。でも金の字にそんなふうに思われてるなんて……ガッカリだよ」

「いじけるなよ」

「だってさ、みんな俺の事、嘘つきだの法螺《ほら》吹きだの言ってよう」

「誰も、そんな事は言ってねえでがしょ？」

金四郎が慰めるように言うのへ、権蔵が続けた。

「とにかく次郎吉。ここは村上様にお任せして、俺たちはまず身元調べだ。仮にも、芝居町の一角で起こったンだ。下手こいて、笑い者にならねえように、しっかり頼んだぜ」

と、自身番の番人や岡っ引たちに、すぐさま探索を始めさせた。

「へい！」

と次郎吉が突っ走って行こうとするのへ、金四郎が声をかけた。

「待ちなよ、兄貴。何処《どこ》へ行くんだい？」

「どこって……とにかく身元を探すンだよ。親兄弟でいなくなった奴はいねえかとか、奉公人で消えたのはいないかとかよ」

「俺は遠慮しやすよ。どうも、何も分からねえうちから走り回るってのは苦手で」

「なんだと？」

「生来、なまけもんなんですよ、ホントは」

「勝手にしやがれい！」

と次郎吉は後ろを振り向きもせず、まるで我先に手柄でも立てたいかのように突っ走って行った。

「なんだ？ 何のために俺を呼んだんだよ」

金四郎がぼやくと、権蔵は微笑《ほほえ》みながら背中を軽く叩いて、

「分からないか。おまえのためだよ」

「え？」

「いい年こいて、ぶらぶらしててもしょうがねえだろう。おまえを、何かでちゃんと一人前にしてやりてえって、兄貴心だよ」

「有り難えが、大きなお世話だな」

「どうしてだ」

「十手持ちになるつもりはねえよ」

「ンなこと言っても、おまえはあれこれ、首を突っ込んでくる」

「気になることには、ですよ。別に俺は、下手人を挙げたいわけじゃねえ。そういう性分でもありやせん……この遺体は……どっかの商家の旦那のようだが、殺されるには、それなりの訳があるんでしょう」

「なんだと？　知ってるふうな口ぶりだな」

と権蔵は鋭い目に変わって睨んだ。

「そうじゃありやせん。見たこともありやせんよ」

「本当に？」

「ええ……なんだか権蔵さん。俺が隠し事をしてるとでも思ってるんですかい？」

「そうじゃねえが……」

権蔵は訝った目のまま、「まあ、次郎吉の思いも気遣ってやれ。おまえを只一人の子分として、せいぜい可愛がってるつもりなんだ。奴はな、ああ見えて結構、働き者でな、以前、俺の下で働いていたときは、長屋に帰っても、そのままバタンキュウで倒れ込んで寝て、朝も早くから、出っ払ってた」

「よく分かってやす」

「だったら、少しは応えてやったらどうでえ。俺には分かるぜ」

「え？」

「おめえ、腹の中じゃ、次郎吉のこと小馬鹿にしてねえか」

「そんなことはありやせん」

「ま、いいや……俺もおまえのことを目にかけてきたが、どうも今一つ、分からねえことがある。何かを隠してる。そんな気がしてならねえんだ」

「……」

「ま、それはいい。どうせ芝居町に流れて来る奴なんざ、ひとつやふたつ臑《すね》に傷くらいあるだろう」

「俺はありやせんよ」

「とにかく、てめえを大切にした方がいい。おまえには、どこか、自分を傷つけようとする危うさがある。若いンだから、てめえの心も体も大切にするんだぜ」

「へ、へい……」

金四郎は戸惑って頷いたが、その目は、少し離れた土手の方へ向いていた。髭面《ひげづら》の浪人がじっと、調べの様子を見ていたのに、金四郎はさっきから気づいていたのである。だが、ほんの少し目を離した隙に、浪人の姿は消えていた。

二

小春日和《こはるびより》の昼下がりのことである。

中村座の楽屋に、ひとりの武家娘が訪ねて来た。明るい花柄の振袖で、島田の髪には素朴な簪《かんざし》が一本あるだけで、透き通るような色白の娘だった。まだ十八くらいであろうか、なんとはなしに微笑んでいるような黒い瞳が印象的な娘だった。

舞台では芝居をしているから、楽屋はガランとしていたが、

——勘定奉行・稲葉主計頭《いなばかずえのかみ》の一人娘、千登勢《ちとせ》。

と名乗られては、通さないわけにはいかなかった。

芝居町はもちろん町奉行管轄ではあるが、悪所と呼ばれて、無宿者が流れ込む危うさがあったので、関八州支配の勘定奉行も時に、不意打ちに視察に来ることがある。

もちろん冥加金《みょうがきん》などは、きちんと払っているが、人気の役者の興行となると売上げはかなりのものになる。お上がそこに目をつけないわけがない。あれこれ理由をつけて、吸い上げようとするのである。

稲葉主計頭は厳しい官僚として知られており、芝居町に対してもあまり情けのある施政はしていない。殊に役者稼業をする者はあまり好きではなさそうで、

「我々、政《まつりごと》を行う者は、ハリボテを扱っているわけではない。現実を見据えた、手堅い実践が必要なのだから、その反対のことをしている芝居者と気が合うわけがない」

と常ににべもないことを言うだけであった。もちろん、絵空事の芝居というものを観たこともなかった。芝居に限らず、歌や俳諧《はいかい》、小唄や都々逸《どどいつ》の類も一切やらなかった。

その影響を受けてか、千登勢も、同じ年頃の娘がきゃあきゃあと騒ぐような二枚目役者や、浄瑠璃語りにはまったく興味を示さず、むしろ武芸事を嗜《たしな》んでいた。もちろん琴のひとつも弾いて、踊りも少しくらいやるが、それは客人をもてなす程度のもので、もっぱら四書《ししょ》五経《ごきょう》の学問と小太刀や長刀《なぎなた》に柔術などの武芸の稽古をする方が性に合っていた。

ゆえに、こんな娘はいずれ〝鬼嫁〟になるに違いない、三国一の花嫁には間違いないだろうが、百万石の殿様でも尻に敷かれるだろうという陰口すらあった。

とはいえ、見た目は穏やかな表情で、物言いや行いも実におっとりとしている。そこが可愛いのだろうが、ひとたび怒れば恐いという噂もあり、まだ嫁の貰い手は決まっていなかった。

対応に出た座元《ざもと》の菊麻呂《きくまろ》は、丁重に下にも置かぬ態度で、

「稲葉様のお嬢様が、どのようなご用で、私どもの所に……」

と申し訳なさそうに問いかけるのへ、千登勢は淡々と、

「金四郎様に会いに来たのです」

「は？　金四郎様ア。それって、あの金公のことですか」

「金公？　呼び捨てどころか、あなた方はそんなふうに言っているのですか」

「言ってるのですかって、それ以外、呼びようがないですからね。金公とか金の字とかね……金四郎という名だというのも、私は今、知りました」

「そうですか。ならば……」

と言いかけたが、千登勢は余計なことを話すまいと息を飲み込んだ。

「で、金四郎様はいらっしゃらないのですか？　この芝居小屋でお世話になっているど聞き及んでいるのですが」

「世話をしてるって程じゃありませんがね、まあ軒の下を貸してやってるというか」

「貸してやってる？」

「はい。お嬢様。その金四郎というのは、本当にうちの金公のことなのですか？　腕っ節は強くて、まあ正義感も強い奴だが、がさつで遠慮のない、お嬢様と縁のある奴とは思えませんがね」

「金四郎様は自分の素性を話してないのですか」

「素性……この芝居町では、そういうのは訊かないのが習いでしてね、金公はかれこれ三年も居着いているから、どこのどなたか存じ上げませんが、人となりは分かってるつもりでございます」

「そうですか。私にはサッパリ理解できませんが。ま、それはともかく、お会いしとうございます。待たせて戴いてよろしいですか」

「それは結構でございますが、金公のやろうは飛び出しゃ鉄砲玉でしてね」

と菊麻呂は呆れ顔をしてみせて、「それに、今はある殺しのことで、自身番の権蔵親分のもとで探索の真似事をしてやすから、いつ帰って来るか」

「殺し？　探索の真似事？」

心配そうな顔になる千登勢に、菊麻呂は人のよさそうな笑みを浮かべて、

「お嬢様のようなお方が、心配することじゃありませんよ。どうせ、いつもの野次馬根性で突っ走ってるだけですから、はい」

「御用聞きの真似事を……」

千登勢は一抹《いちまつ》の不安を覚えた。危険を顧みない男だということを、誰よりも知っているつもりだからである。

「それより、どうです？　お待ちになるのなら、うちの芝居を観ていれば。丁度、『車引《くるまひき》』を……『菅原伝授手習鑑《すがわらでんじゅてならいかがみ》』ですよ、三つ子の兄弟が仕方なく闘う、なかなか見所のある荒事ですよ」

「結構です」

「そうおっしゃらず」

「私、嘘や出鱈目《でたらめ》は嫌いなのです」

キッパリとそう言う千登勢の姿勢は、たしかに父親の教育の賜《たまもの》かもしれない。

「でもね、お嬢様。お芝居は嘘や出鱈目ではありません。〝虚実皮膜《ひにく》〟という言葉を知っておいでてでしょ？　近松さんがこうおっしゃってる。虚と実との間の皮膜に芸はあるのだと。世の中のこと、人の心のこと、それらの真実は虚と実の……」

「結構ですッ」

「さようですか。では、ごゆるりとお待ち下さいませ」

菊麻呂は舞台休憩の手伝いのために、その場から立ち去った。

千登勢は、一人になっても、背伸びをするでなく、退屈そうに欠伸《あくび》をするでなく、地蔵のようにじっと座っていた。

半刻程経ったであろうか。

権蔵と次郎吉が楽屋の窓の下で、何やら話しているのを耳にした。

「それは本当か、次郎吉」

「へえ。間違いありやせん。今朝、大川で見つけた死体は、日本橋三丁目の材木問屋『尾張屋』の主人、関右衛門《かんえもん》さんでした」

「店の者たちに確かめたのだな」

「もちろんでやす」

「よく調べたな」

「へい」

「でも、なんだか様子が変だったんです。誰も余り悲しんでないようでした。女房も息子も」

「どういうことだ」

「あっしもよく分からないんですがね」

「で、金の字は」

「ちょいと調べ事があると、村上様の所へ行きやした」

「南町にか……何を調べるんだろうな」

楽屋の窓から見ていた千登勢は、金の字と南町という言葉を聞いてハタと思い立った。そのまま楽屋を後にして、数寄屋橋《すきやばし》門外にある奉行所へ急いだ。

その頃、南町奉行所からぶらり出て来た同心の村上浩次郎に、金四郎はしつこく食らいついていた。

「だから、知らぬと言うておろうが」

「旦那。隠し事はいけやせんや。仮にも十手を預かるお人だ。殺しの事件と関わりあることなら、スパッと世間に明らかにして調べるべきではありませんか？」

「何の話だ」

「ですから、尾張屋のことですよ」

「……」

「押しも押されもせぬ公儀御用達の材木問屋だということは、村上様もご存じかとは思いますが、前々から、あまりいい噂は聞いておりません」

「……」

「主人の関右衛門は、三年程前に、奉行所どころか、評定所にまで呼び出されて、取り調べを受けたことがありやすよね」

「そうだったかな」

「誰だって知ってやすぜ。あれは、木曾〝今渡《いまわたり》の渡し場〟から三里程下流の天狗《てんぐ》橋《ばし》の事件のことです。今渡の渡し場といや、碓氷峠《うすいとうげ》と木曾のかけはしとともに、中山道の三大難所のひとつだ。そこへ橋を渡したのだから、立派な普請《ふしん》だった。でも、わずか一年足らずで、橋は落下……丁度、紅葉を見に来ていた旅人らも含めて、三十人もの人々が犠牲になった」

「ああ、その事は覚えておる」

「その時は、値に釣り合わない、安い材木ばかりを、その普請場に送ったという疑念が沸き上がっていたとか」

「そうらしいな」

「でも、後で普請奉行が調べた結果、材木のせいではなく、嵐が続いていて、地面が緩んでいたからだと判明。材木問屋としての責任は免れやした……けど」

と金四郎は少し暗い顔になって、

「その時の大工の棟梁《とうりょう》が、責任を感じて、首を吊って死んでるんですよ」

「さよう。されど、普請のし直しをさせ、今は堅牢なものが出来ておる」

「今般の事件は、その事と関わりある……尾張屋の死は、只の通りすがりの殺しではないと思うんですよ」

「どうしてだ」

「旦那が大川で検死をしていた時、その様子を見ていた髭の浪人がいたんです」

「そんな者は、どこにでもいるであろう」

「でも、朝方のあんな刻限におかしいでやしょ？　殺しをした者は必ず、その場に戻ると言いやす。その辺りから調べた方が、真相に近づくと思いやすがねえ」

まるで唆《そそのか》すように金四郎が言うのを、村上はじっと聞いていたが、

「金四郎とやら……おまえ、何が狙いだ」

「とおっしゃいますと？」

「今渡の一件の評定は、幕閣重職だけで行われたこと。俺とて詳細は知らぬ。すべては噂の域を出ぬが、おぬし、まるで事実のように話しおったな」

「バカでもない限り、ちょいと考えれば勘づくことだと思いますがねえ」

金四郎が挑発的な目を向けるのへ、村上は睨み返し、

「ただの芝居町でくすぶっている遊び人のくせに、どうして、そうやっていつも、何かと首を突っ込みたがる」

「前にも言いやしたでしょ？　それが、あっしの性分でして。旦那は、前任の郡司様とはちょいと違う。その腰の十手は、威張り散らすためのものじゃなくて、町人を守るためのものであり、町人をいたぶる者を懲《こ》らしめる十手。そうでやすよね」

そう言った時、近くで女の声がした。

「町方の旦那の言う通りです。その人は何にでも首を突っ込みたがるのが性分なんです。あまり相手にしない方がよろしいかと」

振り返った金四郎の目に飛び込んで来たのは、千登勢である。

「あ、おまえッ……」

「金四郎様。どのような事件かは存じ上げませんが、そんな下らぬ事に無駄な時を費やすのはやめなさい」

「どうして、ここへ」

「この三年間、あちこち、探しておりました」

と千登勢はすうっと近づいて、金四郎の手首を摑んだ。

「もちろん、二年程前から、あなたの〝居どころ〟は、きちんと調べがついておりました。まあ、芝居町に限らずあちこちで騒ぎを起こしている人ですから、私が調べなくとも、分かろうというものですがね」

「芝居町にも行ったのか？」

「もちろん」

「なんだ……親娘《おやこ》して芝居嫌いだからな、絶対に来るはずがないと思ったが……」

あッ、なんだ、あれは！」

と金四郎はいきなり一方を指さしたが、千登勢は端然と、

「そんな手には、ひっかかりませぬ。もう子供ではありませんから」

「御免！」

金四郎は腕を振り払うと、そのまま奉行所の表門から、韋駄天《いだてん》で離れた。そして、犬のように一目散にまっすぐ走り去った。

「なんだ……？」

村上が不思議そうに見やるのへ、千登勢はにこりと微笑んで頭を下げた。

「初めまして。村上浩次郎様とお見受け致します。芝居町廻りの」

名を呼ばれて、少し驚いたが、村上も相手が身分の高い武家娘と見抜き、丁寧に挨拶を返した。千登勢もすぐに、自分の身分を明かして、

「今は詳細は言えませぬが、あの金の字とやらを、よろしくお頼み致します」

「とおっしゃられますと……」

「無茶なことをしないよう見張って下さいませ。そして、もし目に余るようなことがありましたら、私に報せて下さいまし」

村上は思わず頷いたが、三千石の大身分の旗本の娘と、遊び人にどういう繋が

りがあるのか、どう考えても分からなかった。

三

日本橋は江戸の中心であり、諸国の商いの中心でもある。立派な大店《おおだな》が建ち並んでいる中でも、一際豪壮な店構えの材木問屋の尾張屋だった。ふつうなら、『公儀御用達・材木問屋尾張屋』などと威圧的な軒看板があるであろうが、ここには何もない。屋号もない。

誰もが、ここが尾張屋だと知っているからである。

その閉め切った表戸に『忌中』の札が張られている。その店内は灯を落とし、奥座敷には荘厳な祭壇を設けて、提灯《ちょうちん》や蠟燭《ろうそく》を煌々《こうこう》とつけていた。

村上と権蔵の前には、ずらり店の者たちが並んでおり、番頭の勘兵衛《かんべえ》が長年勤めた苦労人らしく、甲斐甲斐《かいがい》しく家の者の面倒を見ていた。

亡くなった主人・関右衛門の弟の兼次郎《かねじろう》は年が十歳程離れているが、生まれつき体が弱く、そのせいか学問をする根気にもかけ、いわば店のお荷物状態であった。もちろん、関右衛門は、自分が面倒を見ており、世間に対しても何も恥ずかしくない暮らしをさせていた。

しかし、その兼次郎のことを、関右衛門の息子の佐田吉《さだきち》は、あまり快く思っていないようであった。それはそうであろう。兼次郎は、一日中、働きもせず、気《き》儘《まま》な時に起きて、好きな時に飯を食べ、どこかへ出かけるのも、旅に出るのも勝手放題。ろくに口もきいたことがなかった。

祭壇の前で、ひとり瀟々《しょうしょう》と降るような涙声で泣いていたのは、妻のお清《せい》だった。もっとも、年は娘ほどで、佐田吉の女房と言っても通じるくらいであった。後妻なのだ。

前妻、つまり佐田吉の母親は数年前に亡くなっており、それまで妾にしていたお清を、そのまま女房にしたのである。

村上は少し複雑な親子の関わりを危惧《きぐ》したように、一人一人見ていたが、探索のために必要なことは聞かねばならぬ。家人は実に不愉快な顔をしていたが、権蔵が沈黙を破るように尋ねた。

「ご主人が死んだばかりで辛い気持ちは分かるが、御内儀以外は、あまり悲しそうな顔じゃありやせんな。ご主人は嫌われてたのですかな？」

と実に聞きにくいことを訊いた。

「なるほど。世間の噂は、あながち嘘ではなかったようですな」

　権蔵が含みのあることを言うと、息子の佐田吉が、反抗するような目つきで、

「人の不幸がそんなに面白いか。ふん。十手持ちなんか、どうせロクなものではない。こんな所で油を売ってないで、とっとと下手人を探して下さいよ」

「まあ、そう言わないで下さいよ。こっちは嫌われるのは慣れてる。でもねえ、あなたの言う下手人探しをしてるだから、嘘偽りなく話して貰いてえ」

　と十手を番頭の勘兵衛に突きつけて、

「まずは番頭さん。あんたから、旦那が殺された夜、どこで何をしてたか、きちんと聞かせて貰おう」

「わ、私が疑われてるのですか」

「村上の旦那はどうか知らねえが、俺は誰も彼もを疑ってる。そうしねえと、肝心なことを見落とすってことを、今までの自身番家主の暮らしで痛いほど学んだからな」

「私はずっと、この店におりました。手代たちに聞けば分かることです。一時も離れず、一緒にいた手代は何人もおりますから」

「そうかい。後で裏を取るよ」

と権蔵は、次に十手の先を息子の佐田吉に向けて、

「佐田吉さんだったねえ。旦那が死ねば、身代はすべて、あんたのものだ。こう言っちゃ何だが、兼次郎さんがあんな人では、商いなんぞできないだろうしな」

「叔父がどうであろうが、尾張屋は私が継ぐことになってます。父の思いも、御定法に従っても」

「そりゃそうだ。で、あんたは、何処で何をしてた？」

「私は……」

佐田吉は言葉を詰まらせた。

「言えないことでもあるのか？」

「女の所に出かけていた」

「女？」

「俺だって独り身の男だ。女の一人や二人いても不思議じゃないでしょうが」

「何処の誰か教えてくれやすかい？」

「深川芸者の牡丹《ぼたん》という女だ。『佐和新』という置屋の芸者だから、調べてみればすぐに分かることですよ」

「一晩中、一緒に？」

「そうですよ」

「他に、それを証言してくれる人はいるかい？」

「男と女が二人だけでいるんですよ。どうやって、そんな者を探せと言うんです。芸者に聞けば分かることでしょうが」

「女房とかイロというのは証《あかし》にならないのでねえ、これが」

と権蔵が意味ありげな言い草になると、佐田吉は露骨に嫌な顔をして、

「まるで、私が親父を殺したとでも言いたげですね」

「得するのは、あんただけだからね。まあ、そんな恐い顔をしなさんな。仏の前で聞く方だって嫌なんだからよ」

権蔵は、妻のお清と弟の兼次郎にも聞いてみたが、二人ともずっと店にいたことは、番頭と共に手代たちが証言した。

「とどのつまり、はっきりしねえのは、佐田吉さん、あんただけだってことだ」

「……ですから、牡丹に聞いて貰えば分かることだ」

その時、ぶらりと髭の浪人が入って来た。金四郎が見たという、土手にいたあの浪人だ。村上は、

——こいつが、金公が気にしていた浪人者か。

と察した。一見して只者ではないと感じた。剣術の腕もかなりあると見える。まったく隙のない身構えに、村上も油断はできないと思った。

「堺町の権蔵だな。おまえ、一体、誰に断って、この店を探索してるんだ？」

「誰にって……事件は堺町で起こったンだ。それに、俺はこの村上さんから御用札を預かってる。だから……」

「知るか、ばか」

「なんだと？」

と権蔵がムキになって、睨みつけるのを無視して、

「おい、村上。こんな奴を雇ってるようじゃ、おまえもヤキが回ったな」

「なんだ？」

「忘れたか。俺の顔をよく見ろ」

村上は凝視していたが、アッと声を上げそうになって、ようやく口を押さえることができた。慌てふためいたように、

「これは、失礼しました」

と村上は明らかに動揺し、しかも逆らえないような偉い人物だということを露顕させるような態度だった。

「旦那……一体、誰なんです」

「権蔵。おまえは知らなくていいことだ」

村上は黙っていろと、乱暴な口調で権蔵を押しやって、

「では、この一件は、お任せしてよろしいので？」

「うむ。分かったら、さっさと立ち去れ」

「承知致しました。権蔵、行くぞ」

そう言って頭を下げると、村上は逃げるようにさっさと立ち去った。

「旦那……待って下さいよ、村上の旦那」

権蔵は足早に立ち去る村上を追った。そして、路地裏に隠れるように駆け込んだ村上を懸命に追いかけて、

「どうしたんですか、旦那！」

「権蔵。悪い事は言わぬ、この一件からは手を引け。でねえと、俺たちまで殺されてしまうかもしれぬ」

「ええ⁉」

「尾張屋が死んだってとこから、なんだか嫌な予感がしてたのだ」

「一体、奴は誰なんです」

「いいから、余計な事は詮索するな。俺たちの手じゃどうしようもない相手だ」

「旦那はハッキリ知ってるんでやすね」

「だから、もうよせ。生きていたいのならな。分かったな」

村上は権蔵に言い含めると、そのまま路地を抜けて、裏通りから身を隠すように立ち去っていった。まるで誰かに見張られているのを警戒でもしているような歩き方だった。

茫然と立ち尽くしている権蔵の背後に、ぶらりと人影が現れた。気配を察し、ギクリと十手を握り直して振り返ると、そこに立っていたのは金四郎だった。

「なんだ、金の字か。脅かすねえ」

「いいんですか、権蔵親分」

「……」

「聞いてやしたよ。村上の旦那がびびる程のあの髭の浪人が、何者かきっちり調べないと、死んだ尾張屋が浮かばれないんじゃねえんですかい？」

「尾張屋が死んで喜ぶ人間の方が多いらしい。村上の旦那がやめろと言うのだから、御用札を預かる俺としても続けるわけにはいかん」

「そうですか」

「金の字。おまえも、つまらねえことに首を突っ込むのはやめとけ。第一、おまえには一文の得にもなるめえよ」

「人間、損得で生きてるわけじゃありやせんや。それに……このまま放っておいて、いいんでやすかねえ、芝居町のために」

「どういうことだ」

「わざわざ堺町の縄張りの中で、殺しがあったとしたら、どうです？」

「なんだ？」

「芝居町で妙な死体が上がろうが、行き倒れが出ようが、お上は案外と知らぬ顔をしてきた。今度の事件もそうだ。町奉行にきっちりと調べさせないために、堺町が殺しの場所にされたとあっちゃ、権蔵親分。堺町自身番家主として、虚仮《こけ》にされたことになりますぜ」

「……」

「それでいいんですか？」

「いいんだよ。知ったことか。尾張屋の者にはそれぞれ、主人が死んだ刻限には、一緒にいた者がいたしな」

と尾張屋で証言した家人の内容を掻い摘んで話して、それで終いだと自分なり

にケリをつけた。骨のあるはずの権蔵ですら、何か得体の知れない者に怯えている。金四郎はそう感じていた。それゆえ、余計に、

——真相を暴いてやろうではないか。

と金四郎は胸の裡《うち》で誓ったのであった。

四

金四郎から、権蔵の〝撤退〟を聞いた次郎吉も、その理不尽さに怒りを感じていた。いつもなら、分が悪くなると無関心を決め込む次郎吉だが、今度ばかりは、なぜかムキになっている。

「何か深い訳でもあるのかい、兄貴」

「なに、大したことじゃねえよ」

「でも、いつもと違って、浮かない顔をしているじゃねえですか」

「そういう日もあらあな」

「でも、只事じゃねえ。ひょっとして、女に振られたか？」

「うるせえ！」

「やっぱり図星だ。この前、真夜中まで一緒にいたって女に袖にされたんだ」

「うるせえ、うるせえ！」

と駄々っ子のように怒鳴ってから、急に湿っぽくなって、

「よりによって、尾張屋の跡取りと一緒になるなんて、言い出しやがって、もう……」

「尾張屋の？」

「ああ。佐田吉だよ。俺が、ほの字なのは、奴が身請けする牡丹という芸者だったンだ」

「佐田吉の……？」

金四郎はおやっと首を傾げた。さっき権蔵から聞いた話では、尾張屋関右衛門が殺された晩は、ずっと牡丹と一緒だったと証言をしたということだ。

「次郎吉兄貴。もう一度、聞くぜ。兄貴が殺しを見たという晩は、牡丹って芸者の所に行ってたんですかい？」

「ああ、そうだ」

「おかしいなあ……その夜は、昼間っからずうっと、佐田吉が牡丹と一緒だったはずだが、兄貴の思い違いじゃ？」

「そんな事を間違えるか、バカ」

と次郎吉は腹立ちまぎれに金四郎の頭を小突いて、

「いいか？　惚れた女の所からの帰りに、あの事件を見たンだ。間違える訳がねえじゃねえか。俺が辛いのは……俺が惚れた女が惚れた男の父親が死んだってことだよ」

「ふむ。随分、目出度いねえ、兄貴は」

「なんだと？」

「いや。人がいいということか」

その日のうちに、金四郎は深川土橋にある牡丹の置屋を訪ねた。お月様のような丸顔で、愛らしい雰囲気の牡丹は、話を切り出した金四郎に、

「その話なら、もう、お上に話しましたから」

と素っ気なく答えた。

「お上に？　誰にだい」

「誰って……訪ねて来たお人にです」

「ひょっとして、髭の浪人かい」

「……」

「まあ、いいや、それには答えなくても。でも、次郎吉はあんたに心底、惚れていたんだ。その一方で、尾張屋の若旦那とも？」

「おかしなことを言うねえ。あたしたちは惚れたふりをするのが商売。本気になっちゃいけないことは、粋な兄さんなら、分かってるだろう？」

「そんな話はどうでもいいんだ」

「ていうと？」

「尾張屋の主人が死んだ夜、あんたはその息子の佐田吉と一緒にいたと証言してるが、本当なのか？」

「ええ。昼間っから、翌日まで、ゆっくりりね」

「てことは、親父の死を知ったのは、あんたと一緒にいた時ってことかい」

「そういうことだねえ」

「本当だな？」

「ええ。嘘なんか言わないよ」

金四郎は牡丹をじっと見つめて、

「尾張屋が殺されるところを、見かけた者がいるのだが、そいつが誰か知ってるかい？」

「さあ……」

「次郎吉だよ」

牡丹は激しい衝撃を受けたようで、それを必死に隠そうとしていたが、かえって指先が震えていた。

「あんたと過ごした後、次郎吉はしたたかに酔って、その帰り道でのことなんだ」

「そんなことを言われても……」

「佐田吉から、一緒に居たと言ってくれと頼まれたンじゃないのかい？」

「一緒に居たよッ」

と牡丹は強く言ってから、「ああ、そういや、次郎吉さんと丁度、入れ代わりくらいに来たかねえ。だとしたら、その次郎吉さんが見たってのは、若旦那……佐田吉さんとは違う人だ。ああ、そうだよ」

言い訳じみて懸命に話す牡丹に、金四郎は宥《なだ》めるように、

「別に、佐田吉が殺したなんて俺は言ってねえよ。案ずることはねえ。実際に手を出したのは、侍だからよ」

「そ、そうなの……？」

「庇《かば》えば余計に怪しまれることもある。気をつけてた方がいいな」

金四郎は本当のことを言った方が身のためだと、もう一度、諭《さと》すように言った。

牡丹は俯いたまま考えていたが、置屋の女将《おかみ》が障子の裏ででも聞いていたのか、

「正直に話した方がいいよ」

と勧めた。女将は金四郎を見ていて、

「このあんちゃんは、岡っ引でも何でもないのに、綺麗なまなざしであんたに訊いている。私もこんな商売を長年しているから分かるけれど、この人には嘘がない。何のために聞き込みに来てるのか知らないけれど、牡丹ちゃん。正直に話した方が、結局は若旦那のためにもなるんじゃないかえ」

そう篤《とく》と話した。促されるように女将に背中を押されて、牡丹は、尾張屋の若旦那佐田吉とは、その晩は会っていないことを話した。

「おまえさんは、佐田吉と一緒にいたと、お上に話したと言ったが、それは髭の浪人風にだな？　しかも、それは髭の侍の方から、そういうことにしておけと言

われた」

「あ、はい……」

頷いたものの、牡丹は、何か逆恨みでもされるのではないかと怯えた顔になった。

「案ずるには及ばないよ。このことは、まずは俺の胸の裡に秘めておく。おまえさんも、俺が来たことを黙っておきな。事がすべて解決したら、自由にしてやるから」

「……金さんとやら、若旦那は何か悪いことに手を染めているのかい？」

「それは、まだ分からねえ。でも、今しばらく様子を見た方がよさそうだ。悪いようにはしねえよ」

金四郎はそっと牡丹の手を握って、励ますように笑ってみせた。

苦界に身を沈めている女に、金四郎は弱いのである。哀れに思うのではない。人に言えない辛さの中で、文句も言わず、親も世間も怨まず、健気《けなげ》に必死に生きているのが、たまらないのだ。

立ち去る金四郎の背中に、なぜか牡丹は、そっと両手を合わせていた。

五

しかし、金四郎の思いも虚しく、探索は本当に真似事で終わりそうになった。町奉行所は、尾張屋の事件を引き続き調べることにはしたものの、結局、村上には手を引かせ、他の同心が代わるという様子もなくなったからである。

このまま、ずるずると下手人を分からず仕舞いにしよう、というのが見え見えだった。それほどに、何か大きな力が背後にあるということになる。

「――だから、諦めなさいな」

芝居小屋で項垂《うなだ》れる金四郎の前に、再び現れた千登勢は、捕り物もどきをしていることを非難してから、

「金四郎様。どうか、そろそろ、御家の方に帰って下さいませんか」

と真剣なまなざしで見つめた。

「こんな体たらくで、恥ずかしくないのですか」

「……」

「何とか言って下さい。私はあなた様のことを思うて、話しているのです」

「千登勢……俺は父親から勘当された身だ。家に帰るつもりもなければ、おまえと添い遂げるつもりもない。悪いが、時を戻すような真似はもうやめてくれ」

千登勢の瞳は微塵も揺るがず、金四郎を見つめ続けていた。

「いいえ。たとえ、親同士が決めた許嫁《いいなずけ》であっても、私はあなたを生涯の伴侶《はんりょ》と決めているのです。物心がついた時から、そう決めているのです」

と毅然《きぜん》とした態度で、まるで脅しをかけてでもいるように言い切った。

「待てよ、おい。親が決めたのは、それこそ俺たちが赤ん坊の頃の話だ。おまえが俺に惚れて、でなきゃ、俺がおまえに惚れて一緒になるってのなら分かるが、そんな二十年余りも前の親の約束事を、子が守る道理がどこにある」

「親の決めた事に従うのが子です」

「ばかか。親と子は違う人間だぞ。違う事をして当たり前なんだよ」

「では、聞きます。金四郎様は、私のことを嫌いなのですか？」

「別に嫌いってわけじゃねえが……」

金四郎は面倒臭いと思って、「取り立てて好きでもねえや」

「では、あの日、あの夜、あの場所で私に言ったのは、すべて嘘だったのですね」

「私、すべて覚えてます。その手で私をぎゅうっと抱きしめて、『必ず幸せにしてやる。この俺がおまえを背負って一生歩いてやる』って、あなたは言いました」

「……」

「あれは……おまえが、河原で足を怪我したから、おんぶしてやったことじゃねえか。しかも、まだ十二か三の頃の話だ」

「あなたが十三、私が十一でした」

金四郎は呆れ顔になって、

「だから、そんなガキの頃の話なんざ、約束にならねえよ」

「でも、親が決めた話ではありません。あなたが、その口で言ったことです」

「あのなあ……」

千登勢は潤んだような黒い瞳を、もう一度、揺るぎなく向けて、

「あなたが言ったことです」

「……」

「長崎奉行を務める遠山家の御曹司《おんぞうし》が、女に嘘をつくのですか」

「待てよ、おい……」

「父親同士は昔から道場仲間。切磋《せっさ》琢磨《たくま》してお互いが向上しました。しかも、拝領屋敷も隣同士。そりゃ旗本としての家格は違うかもしれないけれど、本当に親戚のようにつきあってきました」

同じ旗本でも遠山家は治領が五百石。千登勢の父親の稲葉家は三千石の大身である。

「私の父は今でも、子供の頃から聡明で正義感に溢れ、そして何より、人を思いやるあなたのことを信じてます」

「……」

「人間、一度や二度、失敗はある。捻れて曲がることもある。旗本の跡取りのあなたが、こんな下らない芝居町で、下らない人たちと、下らない暮らしをしていることから足を洗って、まっとうに戻ることを父は、心の底から信じているのです」

「待てよ、おい」

金四郎はふいに真顔になって、見つめる千登勢の瞳を覗き込んだ。今までとは違う、どこか真剣な、いや恐ろしい炎のような光すら帯びていた。

「何が下らねえんだ……誰が下らねえ人間なんだ？」

「――？」

「そうやって、おまえは人を見下して生きてきた。育てられてきた」

と金四郎は千登勢の両肩をガッと摑んで、「旗本や御家人が悪いとは言わねえ。だがな、おまえなんざ、親の臑《すね》をかじって生きてるだけじゃねえか。その親父も領民の汗水垂らした銭金を吸い上げて暮らしてンだ。分かるか」

「……」

「芝居町の人たちはな、百姓や職人とは違って米や物を売るわけじゃねえがな、夢を売ってンだ……生きる心の糧《かて》を与えてるンだ。そのどこが下らねえ人間なんだ！　生き様なんだ！」

「き、金四郎様……」

金四郎にきつく言われたのは、初めてのことだった。千登勢は狼狽《ろうばい》したように、体を震わせて、

「だって私……」

「誰も、おまえに分かってくれなんてことは言ってねえよ。所詮は住む渡世が違うンだ。俺のことは諦めて、おまえに相応《ふさわ》しい男の所へ嫁に行くンだな。それがおまえの幸せだ」

「金四郎様……あなたは……」

「なんだ」

「そこまで腐ってしまったのですね。ひん曲がってしまっていたのですね」

「ハア？　ちっとも分かってないじゃねえか」

「ええ。分かろうなんて思いません」

千登勢は着物の袖をひょいと巻き上げるように握ると、踵《きびす》を返してスタスタと表通りに向かって歩き出した。芝居見物に来た客たちが溢れる中を、ずんずんと真っ直ぐ歩いて行く。

途中、プッツリと履き物の鼻緒が切れた。だが、それを脱ぎ捨てて、もう一方もその場に打ち捨てると、一目散に芝居町の大門の方へ向かって行った。

金四郎は思わず駆け寄ろうとしたが、そうすれば〝敵の思う壺〟だ。千登勢は小さい頃から、拗《す》ねるとああやって背中を向けて逃げる。そして、途中で必ず石にけつまずいて転んだりする。それが気になって金四郎が追いかけると、

「やっぱり、私のことが心配なのね」

と待ってましたとばかりに抱きついてくる。しかし、今度ばかりは突き放した。それが千登勢のためだったからだ。金四郎はこの町で暮らしていくと心に決

めているのだ。勘当同然に飛び出してきた家に帰ろうとも思っていない。

金四郎はそれでも、しばらく見送っていたが、千登勢の姿が人混みに消えたところで芝居小屋に戻ろうとした。

すると、目の前に次郎吉が立っている。

「金の字。おめえも、やっぱり隅に置けねえな。しかも、あんな、めったにいねえ別嬪《べっぴん》の武家娘を泣かすとは」

「見てたんですか？」

「ああ。おまえ、なかなか潔《いさぎい》いねえ」

「どこから聞いていたか知らないけど、これで分かったでしょう。俺も旗本の息子だ。でも、こうやって……」

「見栄を張るな。てめえで言ってたじゃねえかよ。『所詮は住む渡世が違うンだ。俺のことは諦めて、おまえに相応しい男の所へ嫁に行くンだな。それがおまえの幸せだ』ってな」

次郎吉はちょんと指先で金四郎の胸をつついて、

「そりゃそうだろうよ。おまえみたいな遊び人と、どこのお姫様か知らねえが、あんな上品で綺麗な娘が一緒になれるわけがねえ。でもよ、俺は見たぜ、あの娘の涙をよ」

「え？」

「歩きながら、泣いてたぜ、ぽろぽろ大粒の涙を流してよ。ヨッ、この色男！」

何が楽しいのか、次郎吉ははしゃぎながら、大向こうからの掛け声のような声を発してからかった。

「そんなことより、兄貴。探索の方はどうなったんです？　権蔵親分が手を引いたからって、自分が見た殺しを、うやむやにするつもりはねえでしょうね」

「あたりきしゃりきのコンコンチキよ」

と次郎吉は金四郎を近くの茶店の奥に引き込んだ。

「番頭と後妻、主人の弟らが家にいたことは誰もが証言してる」

「ああ」

「家にいなかったのは、息子の佐田吉だけだ」

「しかも、芸者の所にいたのも出鱈目だ」

「やっぱり？」

「そりゃそうだろう。俺も会ったが、牡丹は二股かけるような女じゃねえよ」

「そうだろ、そうだろ？」

少し気をよくして微笑むのへ、金四郎はきっぱりと言った。

「ああ。本気で惚れてたのは、佐田吉の方だ」

「……そう簡単に地獄に突き落とすなよ」

「でも、嘘をつき通せる女じゃねえことは確かだ。牡丹は、佐田吉に頼まれて、口裏を合わせただけだ」

「……」

「そうがっかりするなよ、いい女は、世の中に五万といるよ」

「てめえは、あんな上物を振る余裕があるから、そんなことを言うンだよ」

「まあまあ、話を逸らさないでくれよ」

「怪しいのが息子の佐田吉一人に絞れたのなら、話は簡単じゃねえか。金の字、そいつをトッ捕まえて叩いてやろうじゃねえか」

すっかり岡っ引気分である。

「だがね、兄貴……俺にはどうも、引っかかるっちゃあ、引っかかるンだ」

「何がだよ」

「佐田吉にだけ、何処にいたのかという証言がない、ということにだよ」

「え？　ないんだから、ないんじゃねえか」

金四郎は唸るように腕組みで考えていたが、

「ま、とにかく、もう一度、尾張屋の周辺を探ってみましょうや。何か別の駒が転がり落ちてくるかもしれやせんぜ」

六

金四郎は、どう見ても頭が弱そうな主人の弟の兼次郎を店から連れ出して、鰻《うなぎ》を食わせながら話を聞いていた。大店で暮らしているのだ。別に鰻なんぞ珍しくもないだろうが、実に美味《うま》そうに食べながら、

「兄貴は、よくしてくれた。お、俺は……うまれついての、ば、ばかだから……大事にしてくれた」

「そうかい。息子の佐田吉と、関右衛門さんとの仲はどうだったんだ？」

「佐田吉もいい子だった。頭がよくて、か、金勘定も、凄くて……だから、お、俺はばかにされてた、かも」

「主人が殺された夜、みんなは店で仕事をしてたんだね？」

「ああ。夜遅くまで……俺は寝てたから、わ、分からないけど」

「そうかい」

「俺は何もやっちゃいねえよ。兄貴が死んでも店を継ぐのは息子の佐田吉だ。関わりねえもんな」

なんだか妙な気分に、金四郎はなった。少し頭が弱いのに、自分はやってないということだけは、きちんと主張しているからである。

「だけど、兼次郎さんよ。あんた、店の金を時々ネコババしてたと聞いたぜ」

「時々……饅頭《まんじゆう》、食いたかったんだ。でも、兄貴が食い過ぎはだめだって、金くれねえから、時々……ごめんなさい」

そこに、番頭の勘兵衛が入って来た。前回会ったときとは違って、目つきにも態度にも鋭さがある。

「いい加減にしてくださいよ、金さんとやら」

「なに、俺はご主人のために……」

「いいえ。何も関わりがないはずだ。ただ、兄貴分の次郎吉って人が、殺しを見かけたというだけの縁で、どうしてここまでするのですか」

「お節介焼きの金公と、芝居町の人には呼ばれてますんで、へい」

「その芝居町の自身番の家主だって手を引いたんですよ。後は、それこそ、お上にお任せしてるのですから、店の近くをうろちょろしないで下さい。ただでさえ、あんたのような遊び人に出入りされちゃ、迷惑なんだ」

「そうですね。これは失礼しやした」

そう丁重に頭を下げると、金四郎は鰻代を払って出ようとしたが、勘兵衛はこちらで払うからと言って譲らなかった。小さな借りでも作りたくない人らしい。

金四郎が表に出たところで、次郎吉が急に角を曲がってきて、ドンとぶつかった。

「どこに目を……おっ、金の字」

「何か分かったみてえですね」

「いや、それがまだだ。ただ、あの男が気になってよ」

次郎吉は、例の髭の浪人を追っていたのだ。闇夜で見た姿と似てると言えば似ている。たしかに、あの浪人が尾張屋に聞き込みに来た途端、同心の村上があっさり手を引いたことについては、金四郎も気になっていた。

「俺も一緒に行こうか？」

「それには及ばねえ。俺はどうでも……牡丹を助けてやりたいんだ」

「どういうことだ？」

「色々と調べたんだがな、それこそ牡丹は口裏合わせに使われただけ。身請けをするというのも、嘘のようなんだ」

「なんだって？」

「まだ詳しくは分からねえが、佐田吉はどこぞの武家娘と祝言を挙げるのが決まったようだ」

「武家娘……」

「それより他にも、あちこちに手を出している色事師のような男だったんだよ、あの佐田吉という奴は……くそまじめな親父に比べて、佐田吉は出鱈目な男だった。だから、しょっちゅう親子喧嘩だ。だが、親には逆らえねえ。佐田吉は繰り返される親父の拳骨を、じいっと我慢してたらしいぜ」

「……」

「親父の拳骨な……大概は、愛の鞭《むち》だと思うがな」

「そうかい？　俺なんざ、怨みでもあるのかと思うくれえ殴られた。骨も折られたことがある……ま、いいや、そんな話は」

「で、あの髭の浪人が？」

「ああ。佐田吉が金で雇って、親父を殺したかもしれねえんだ」

「しかし、村上の旦那が引き下がるような人だぜ？　恐らく、身分は村上の旦那よりも上の人だろう。ああして、身をやつして世間に潜り込んでるってことは、隠密廻りの与力か、あるいは目付……なんにしろ、ふつうの奴ではあるまい。次郎吉兄貴の手には負えねえかもしれねえ。深追いは禁物だ」

金四郎が心配するのを尻目に、

「ばかやろう。俺は女のために、ああ、牡丹のためにも、佐田吉をぎゅうっと言わせたいんだよ。牡丹に目を覚まさせたいんだよ」

とめったに見せない真顔で言って、髭の浪人の追跡を続けた。

両国橋西詰は、浅草や上野と人気を分ける繁華な町である。見世物小屋や茶店、料理屋、飲み屋などがずらりと並び、大道芸人もあちこちで芸を披露して、毎日が祭りのような賑わいだった。

橋番小屋のすぐ横手の路地を、柳橋の方へ行ったドン詰まり、といっても、その先は掘割の船着場があるのだが、その一角の居酒屋に、髭の浪人は入った。

髭面の浪人は、いかにも極道をし尽くしたような面構えの男とひそひそ話をしていた。さりげなく側の席に座った次郎吉は、自分も燗酒を一本、頼んで、雲行きが怪しくなった川面を何気なく眺めながら、耳を澄ませていた。

他にも客がいてガヤガヤしているので、話し声ははっきりとは聞こえないが、ならず者風は、仁吉《にきち》という地回りだと分かったし、髭の浪人が、

――いずれ佐田吉も消せ。

と命じているのも耳に入った。

凝然となった次郎吉は、事の裏に何があるかは知らないが、とにかくその場を後にして、尾張屋まで急いだ。

何かは分からないが、とにかく報せなければならないと思ったのだ。単純と言えば単純だが、仮にも自分の惚れた女が惚れた男だ。見捨てるわけにはいかない。と、先程までの次郎吉の気持ちとは、正反対になっていた。

尾張屋に来た次郎吉を、佐田吉はいかにも迷惑そうな顔で見やった。

「冗談じゃないよ。なんで私が父親を殺さなきゃならないのです！」

憤然となったが、次郎吉は必死で訴えた。

「あんたがやったと言ってるんじゃない。親父が殺されたんだぞ。本当なら誰がやったか気になるはずだ」

「そりゃ気になりますよ」

「いや……あんたは知ってるはずだ。少なくとも、誰がやったかは」

「何をばかな」

「恐らく、あんたは、髭の浪人に頼んだんだろう。身代欲しさに」

「下らない」

「その男は、今度は、あんたを殺すつもりなんだ……何か深い訳があるなら、きちんと出る所へ出て、調べた方がいい。でねえと……」

「でないと？」

「牡丹が可哀相だ」

佐田吉は、人を睨《ね》めるような目つきに変わって、

「なんだ。そんな話ですか……」

と小馬鹿にしたような顔になると、傍らの手文庫から小判を十枚程出して、次郎吉に差し出した。

「これ以上、欲を出すと、それこそ、怪我じゃ済みませんよ」

「なんだと？」

「脅しに来たんじゃないんですか？　私が、他に女がいるからと知って」

「てめえッ……」

次郎吉は腹の底から怒りが湧き起こって、

「知らねえぞ。どうせ、おまえも、あの髭の浪人に利用されてるだけなんだ。何が狙いか知らねえが、あんたも親父さんの二の舞になる。そう心得ておきな！」

それだけ投げつけるように言うと、店から飛び出して行った。

そんな様子を——廊下の奥から、番頭の勘兵衛がじっと見ていた。


中村座の楽屋に戻った次郎吉は、金四郎に悔しさをぶつけるように話して、少し投げやりになっていた。

「こちとら、善意でやっててやってんのによ。あの金持ち連中は親子の情けもねえ。親が死んで、身代がてめえのモノになったら、ただウハウハ喜んでるだけだ。その挙げ句、芸者の気持ちなんざ、犬猫ほどにも思っちゃいねえ。俺はもうやめた。あんな奴ら、どうなろうと知ったこっちゃねえ」

「ひょっとしたら、あの店の者はみんながグルで、息子の佐田吉に押しつけようとしてるんじゃねえかな、親父殺しを」

金四郎が唐突に言ったので、次郎吉はあんぐりと口をあけた。

「主人が死んだってのに、たいして悲しんでいねえし、第一、番頭だって、結局は店の者の証言しかねえ。主人はただの御輿《みこし》で、実際は番頭が店の一切を牛耳っているのは、よくあることだ」

「金の字。おまえ、あの番頭が一番のワルとでも？」

「俺はこう思うんだよ、兄貴。尾張屋の連中は、番頭の言いなり。そして、兄貴が追っていた、髭の浪人に頼んだんじゃないかと。主人殺しをね」

次郎吉は、仁吉というならず者と居酒屋で話していた浪人の姿を思い出した。そして、今度は息子の方を殺すということも。

「これはただの身代乗っ取りではない。この裏には何かある。俺はそう睨んでるんだ」

「なんで、そう思うんだ」

「何かってなんだ」

「その鍵は、やはり、髭の浪人にあるんじゃねえかな」

金四郎が言わんとすることを、次郎吉は自分勝手に理解したようで、

「なるほどな……一丁、そいつを揺さぶってみるか」

「だから、それはならねえって。浪人のことは俺が調べてるから、無茶はいけね

えよ」

「俺が調べるって、若造のおまえに何ができる。もし、それが幕府の偉いお方だったら、尚更だ」

次郎吉はますます不安を覚えたようだ。下手をすれば、偽の証言をさせられた牡丹にも何か危害が及ぶと思ったからだ。

七

橋番の前で、次郎吉はわざとらしく声を大きくして、

「ああ。そこの河原だ……下手人てな、不思議と殺しをした所に戻って来るもんなんだ。とにかく、髭の浪人だ。見かけたら、俺に報せてくれ、頼んだぜ。俺は、芝居町中村座木戸番の次郎吉。誰に聞いても分からあ！　とにかく髭の浪人だ。頼んだぜ！」

そんな大声で、あちこちの自身番でも喚いていたからか、ならず者の仁吉が目をつけて、逆に鋭い目つきで次郎吉を尾けはじめた。

「あいつか……始末しときやすかい」

その後ろの物陰に、髭の浪人がいる。しかし、浪人は頷かなかった。

「放っておけ。手詰まりになっているから、あんなことをしているのだ」

「でも……」

「それに、奴は金四郎という遊び人とつるんでいる。下手に動けば、こっちの尻尾《しっぽ》を掴まれるやもしれぬ」

「金四郎？」

「尾張屋の周辺を色々探ってた。村上や権蔵が手を引いたにも拘《かか》わらずだ。ただの遊び人とも思えぬのでな、ちょいと調べてみた……とんでもねえ奴だったよ」

「え？」

「奴は、あんななりをしているが、旗本の息子だ。しかも、長崎奉行遠山景善《かげよし》のな」

「と、遠山家の……」

遠山家は、藤原氏の流れで、美濃国《みののくに》遠山庄を本領としていた家柄であり、元々は織田信長に仕えていた。その後、徳川家康に仕えた景吉《かげよし》を祖とする譜代の旗本である。

御小姓組や御小納戸、御留守居番など将軍の側に仕えていた。はじめは、わずか三百俵取りだったが、後に下総国に五百石の領地を与えられ、代々、御書院番や御腰物奉行など重要な役職についてきた。

遠山家の家系は少々複雑で、景善は金四郎の本当の父親ではない。養子縁組で嫡男となったが、景善の弟にあたるのだ。

「つまり、名旗本と言われた、遠山景晋《かげくに》の実子だ。母親は、やはり徳川譜代の旗本、榊原忠寛《さかきばらただひろ》の娘だ……そんな人物がなにゆえ、身をやつして芝居小屋なんぞに入り浸っているのか……ただの道楽ではあるまい」

「そうですかねえ。金の字の噂は耳にしやすが、ただの調子のいい暴れ者とか」

「そこが気に食わぬ」

「……」

「下手に動くな。それこそ罠《わな》かもしれぬからな、よく見張っておれ」

「旦那もよく調べられましたね」

「これでも目付だぜ。バカにするな。このままでは、あの御仁に迷惑がかかる」

「へい」

芝居町は夜明けとともに始まる。芝居の公演は早ければ、明けの七つから暮れの七つまで行われる。客は暗いうちから出かけて、芝居見物をして、夜遅くまで酒や飯で浮かれるのだ。

金四郎が芝居小屋の一室で目覚めたとき、目の前に、すでに炊きあがった御飯があるのに気がついた。

「誰がやったんだ?」

一番の早起きは、金四郎のはずなのだ。不思議そうに首を傾げたが、まだ誰も来ていなかった。次郎吉もまだ鼻に提灯を膨らませて寝ている。

「まあ、いいか」

と飯にしゃもじを入れてよそおうとすると、カピカピで硬く、とても掬《すく》えたものではない。水の塩梅を間違えて炊いたのであろう。

「なんじゃ、こりゃ」

金四郎は結局、匂いだけで我慢して、そのまま控えの間に行った。

すると、そこの衣桁《いこう》に、立派な丹前《たんぜん》が掛けられてある。

「なかなか、立派なものじゃねえか。歌右衛門さんでも、届けてくれたかな」

と袖を通そうとすると、裏地はないし、綿も入っていない。それどころか、少し引っ張っただけで、袖がもげそうになった。

「なんだよ、これもかよ！」

なんだか悪夢でも見ているような気分になって、まだ暗い表に出た。

すると、人の気配がして、すうっと近づいて来た。一瞬のことで、油断をしていたが、突如、暗闇の中から、銀の刃が飛び出してきた。

咄嗟《とっさ》によけたが、下駄を履いていたので、体勢を崩した。それへ間髪入れず、斬りつけてくる。闇に慣れた目に、ならず者の顔が浮かんだ。

さらに突きつけて来たので、足払いをかけて倒そうとしたが、敵も喧嘩慣れをしているのか、すぐさま撥《は》ねて、その勢いでまた腹を目がけて匕首《あいくち》を突いてくる。脅しではなく殺すつもりだ。

「ハハン……どうせ、髭の浪人とつるんでいるならず者だな？　ここで引っ捕らえて、お上に突き出してやろうか」

と摑みかかったときである。

パッと辛子《からし》を混ぜた小麦粉が目の前に飛んで来た。目潰しだ。

うわっと思わずしゃがみ込んだところへ、匕首を突き出して来るのが分かる。勘だけを頼りに避けたが、敵の荒い息が手に取るほど分かる。

――このままでは刺される。

そう思ったとき、溝に足を滑らせた。

「うわあッ」

目を閉じたまま、思わず手を掲げた。

次の瞬間、うぎゃあ！　と男の悲鳴が聞こえて、そのまま駆け去る足音が聞こえた。

すると、柔らかな手が金四郎の頬に伸びてきて、濡れ手拭いで目を拭いてくれた。ゆっくり開くと、そこには女彫物師の彫長がいた。

「物騒だねえ……またぞろ、何かに首を突っ込んだでしょう」

「ありがたい。あんたが退治を？」

「あの手合いくらい、お茶の子さいさいだよ。私が散歩をしてなきゃ、今頃はお陀仏《だぶつ》だったかもしれないね」

「こんな刻限に散歩？」

「ああ。明け方の前が一番、気持ちいいんだよ。ほら、少し東の空が明るくなった。そん時に一番浮かぶのさ」

「なにが」

「彫り物の絵柄が」

「そんなものなのかい」

「ああ、そんなものさ……それより、今の奴は、浅草の寅蔵《とらぞう》一家の息がかかってる仁吉という、金のためなら何でもするバカだ。腕を折ってやったが、気をつけといた方がいいよ」

それだけ言うと、彫長はすっと立ち上がり、まるで湯屋帰りのような鼻歌を洩らしながら立ち去った。

――どういう女だ。ならず者の腕をへし折って涼しい顔をしてやがる。

金四郎は底なし沼を覗いているような気分になった。

その日、同心の村上が金四郎を訪ねて来た。

一度は手を引いたものの、やはり気になっていたようだ。金四郎自身が危ない橋を渡ろうとしているのを、権蔵ともども見ていられなかったという。

「実はな、おまえが前にチラリと話した、木曾の橋のことだ。あれを奉行所の例《れい》繰方《くりかた》で調べてみたが、それも途中で裁断が降りておる。何事もなし。特に疑義なく、探索を打ち切ったとあるんだ」

「もしかして、あの普請に関わった大工のことで？」

「金四郎。おまえも調べていたのか」

「へえ」

「実は俺も調べていて、ぶつかったのだが……橋の安普請のことと繋がりがあるやもしれぬ。実は、その普請に関わった大工の棟梁が死んでおるのだ」

「そのことです。源蔵という棟梁です」

「首を吊って死んだということだが、女房や子供がどうしても納得しなくてな。誰かに殺されたのではないかと、二年前に訴え出ていたのだ」

「その誰かというのは？」

「尾張屋の主人・関右衛門だ」

「あの殺された尾張屋……で、お白洲《しらす》はどうなったのです？」

「吟味方与力が突っ返している」

「村上の旦那……」

金四郎は少し違う疑念を抱いた。

「もしかしたら、旦那は、関右衛門を殺したのは、髭の浪人でもならず者の仁吉でもなく、別の誰かだと考えてるンですかい？」

「ああ……町方で調べてみるとな、大工棟梁が死んで後、お白洲にも取り上げられなかったことで、源蔵の家族は一家離散……その後、女房は流行病《はやりやまい》で死に、息子と娘も離れ離れになった。その娘ってのが……」

「娘ってのが？」

「昆布《こぶ》巻《ま》き芸者の、牡丹、なんだよ」

「ええ⁉」

金四郎は驚きを隠せなかった。昆布巻き芸者とは、帯をすぐに解いて、芸よりも色気を売る芸者のことを揶揄《やゆ》して言っている。

「あの、牡丹が……」

「これはまだ俺の推測だがな、金の字。牡丹は関右衛門に怨みを抱いて、何者か……髭の浪人に殺させた上で、息子の佐田吉に取り入った。そして、嫁にして貰って、身代を乗っ取るつもりじゃなかったのかな。復讐のために」

「……まずいな」

「む？」

「佐田吉は別の武家女か誰かを女房にするはずだ。そしたら、牡丹が何かしでかすかもしれやせんぜ」

八

尾張屋は関右衛門の葬儀を終えて、まだ初七日が済んだばかりなのに、浮かれたように祝言支度をしていた。

世間から見れば、どんな感覚をしているのか疑われそうなものだが、当人はまったく気にしている様子はなかった。

四十九日が過ぎれば、すぐに祝言を挙げたいと、佐田吉は思っていた。

相手は普請奉行・長谷川伝三郎の次女であった。

長谷川は、木曾今渡の渡し下流の崩落した橋を施行した責任者であったが、事なきを得て後、江戸市中の様々な橋梁《きょうりょう》の担当をしていた。その娘と、御用商人の婚儀だから、その繋がりの裏には、利権に群がる欲望が煮えたぎっていることは見え見えだった。

しかし、大店であればあるほど、そして、身分が高ければ高いほど、無理を道理とすることなど容易《たやす》いことだ。

「若旦那……」

と番頭の勘兵衛は、佐田吉に言い含めるように諭した。

「ご主人と私は、一蓮托生《いちれんたくしょう》、一心同体だった……でも、ご主人がこの年になって悪夢を見るなんぞと言い出した」

「……」

「橋から、地獄に堕《お》ちるような人々の阿鼻叫喚《あびきょうかん》の夢らしい。しかし、事実、見た訳ではない。ただの夢だ。旦那様は、安普請をしたことを後悔なさっていたようだが、そうでもしなければ、尾張屋がここまで伸びる訳がありません」

「分かってるよ」

「佐田吉さん。あなたは父親よりも、もっと強い心を持っていなさる。良心が少ない、という点では、父親どころではありません。しかも、目付の黒瀬《くろせ》さんが殺したのだから、町方も手の出しようがない。いいですか、若旦那……いや、もう立派な尾張屋の主人だ。これからは、もっと堂々と、稼ぎましょうぞ」

勘兵衛の鈍い目の光を受けて、佐田吉の顔も澱《よど》んでいた。薄汚れた影に覆われていた。しかし、野心の目だけは、爛々《らんらん》と輝いていた。

そこへ、牡丹がむせび泣きをしながら、飛び込んできた。

「佐田吉！　死ね！」

牡丹は袖に隠していた匕首を、思い切り突き出して、佐田吉に躍りかかった。

思わず避けたが、わずかに腕を掠《かす》った。

「な、なんだ、おまえは！」

「殺してやる……あんたたちは、何の罪もないおとっつぁんを殺し、私たちの親子兄弟をめちゃくちゃにした……おとっつぁんは、あんたたちの安普請を知って、悔やんでいたんだ……それを、お畏れながらと訴え出ようとした矢先……！」

首吊りをしたのである。

「首吊り死体には、他に幾つも殴られたような痣《あざ》があった。なのに首吊りで片づけられた……奉行所も取り合ってくれなかった」

「だから？」

佐田吉は憎々しげに口元を歪めた。

「だから、尾張屋の旦那が殺されたと聞いたときには、胸のつかえが下りたよ……でも、それをやったのが、息子のあんただったとはね……関右衛門さんは、少なくとも、私のおとっつぁんの無実は晴らしてくれるはずだった！　殺してやる、おまえたち、みんな！」

するると、奥から、髭の浪人が出て来た。

「だから、もっと早く消しておけと」

と刀を抜き払った時である。

ブン――！

激しい音がして、髭の浪人こと、目付の黒瀬の足元に、独楽《こま》が飛んで来てぐるぐると回った。喧嘩独楽のように激しい勢いで回っている。軸の先は釘のように尖らせているのであろう、床が次第に抉《えぐ》れてきた。

「誰だ」

駆け込んで来たのは金四郎だった。

「牡丹。ばかなことをするな。こんな鬼夜叉《おにやしゃ》でも、殺せば、おまえが三尺高い所へ行くことになる」

「金さん……」

その後から飛び込んで来た次郎吉が、庇うように抱きしめると、牡丹ははからずも堰《せき》を切ったように嗚咽《おえつ》した。

「ごめんなさい、私……私……」

「分かった。もう分かったよ、牡丹。こんな奴らのために苦しむのは、もうやめろ」

金四郎がそう慰めたとき、すうっと音が消えて独楽が止まった。

それには、『天誅《てんちゅう》』と墨書されているのが、明瞭に見えた。

「若造。ふざけたことをしやがって」

黒瀬は抜き払っている刀を、思い切り金四郎に打ち下ろしてきた。一寸を見切って、飛び退いた金四郎は、鉄の煙管《きせる》を十手のように構えて、次々に打ち込んで来る黒瀬の刃をくぐりながら、鳩尾《みぞおち》や喉などの急所をグッと突いた。

よろりと膝が崩れた黒瀬は、懸命に後ろに跳びすさって、

「いいのか？　おめえの素性をバラしたら、御家が困るのではないのか？」

「ほう。俺のことを調べていたか。さすがは目付の黒瀬様だ」

「！……」

「俺の方は一向に構わねえよ。何処の誰兵衛と分かったところで、何も疚《やま》しいことをしてるわけじゃねえ。あんたはどうだ？」

「貴様！」

さらに刀を振り回す黒瀬の脇の下に潜り込んだ金四郎は、煙管の吸い口を喉仏に鋭く突き立てた。

た。

「うぐッ⁉」

黒瀬が息が出来なくなった瞬間、金四郎は一本背負いの形で、土間に叩きつけた。

それを目の当たりにした佐田吉は、腰が抜けたように這いながら逃げようとしたが、その前に村上が立ちはだかった。

「無様だな、おい……引っ立てろ！」

と村上が命令すると、権蔵と捕方たちが、佐田吉と朦朧《もうろう》としている黒瀬を、すみやかに縄で縛りつけた。


その夜、金四郎は、酒徳利を抱えて、彫長を訪ねたが留守だったので、一人で寝そべって、酒を舐めていた。

何処へ出かけたのか、まだ帰って来ない。別にてめえの女というわけではないし、背中に、桜の花びらを彫って貰うだけの関わりだが、どうも気になる。

寒くなって来た。

大川にちらつく雪と、その川面に浮かぶ月を眺めながら、月見と雪見を一緒に楽しもうと思ったが、そんなことができる道理があるまい。

「ふむ。少し酔っぱらいやがったかな。折角、お手柄の花びらを彫って貰いに来たのによ、どこ行っちまいやがった」

金四郎が独り言を洩らしていると、すうっと静かに表戸が開いた。

「よう。やっと帰って来たかい」

と俯せの姿勢のまま振り返ると、戸口の外に、若い娘が立っていた。崩し島田に赤い簪をつけ、小袖を少し着崩して、帯も遊女のようにだらりと前に垂らしている。

一瞬、目を凝らした金四郎だが、すうっと全身から力が抜けた。

「──なんだ、おまえか」

千登勢だったのだ。

「おまえか、は随分ですね。聞きましたよ。色々と大変だったようだけれど、普請奉行も尾張屋も評定所から厳しい沙汰《さた》がありました」

金四郎はそれには答えず、

「こんな所で何をしてんだ。帰れ」

「いいえ。私も、金四郎様を見習って、不良になってみることにしました」

「冗談も大概にしな」

「私、冗談や嘘は嫌いなんです。作り話もね」

「――いいか。芝居ではな、〝居どころ〟という言葉がある。舞台の上で、演じる役者が居るべき所のこった。居るべき所にいねえと、役者じゃねえと罵声が飛んでくる。それくらい大事なことなんだ」

「はあ？」

「だから、おまえはおまえに相応しい所に居ろってことだ。そんな格好も、おまえにゃ似合わねえよ」

構わず入って来る千登勢は、

「私の居どころは、金四郎様のお側です」

「……」

「これは親が決めたことではなくて、私が決めたことです。そして、前世から決まっていることなのです」

と近寄って来る千登勢を追い返そうとして、起きあがろうとした。が、その前に勢い余って、千登勢の胸が倒れて来た。

「おい、よせ、ばか」

揉み合っているところへ、ぶらりと彫長が帰って来た。

「おや、まあ……」

「違う違う。これは違う」

金四郎は慌てて立ち上がろうとして、顔料でまた足を滑らせた。

第四話　大川桜吹雪《さくらふぶき》

一

隅田川の川面は、花筏《はないかだ》がたくさん組まれたかのように色づいていた。土手にずらり繋がる桜並木は、江戸町人の一番の憩《いこ》いの場である。雲か霞かと咲き乱れる爛漫の桜ほど、心を吸い寄せられる風情はない。目に鮮やかな紅葉も素晴らしいが、儚《はかな》い薄紅色の桜は、すぐに散る運命《さだめ》と分かっているから、尚更、愛しくなる。

桜の季節は、花曇りといわれるほど、ほんの少し翳《かげ》りが出ていることが多い。いつ降り出すか分からない雨を気にするのは、

——どうか、まだ散らさないでくれ。

と願う人々の切なる思いであろう。

そして、どの刻限に見ても、また尽きせぬほどの味わいがある。朝桜に夕桜。殊に夜桜は、篝火《かがりび》や雪洞《ぼんぼり》を受けて、映えるように色づく。

隅田川は大川、宮古川とも呼ばれる。両国橋より下流は大川で親しまれているので、ここ堺町の前に流れるのは、まさに大川桜。ことに夜桜は水面に映って美しく、幽玄美に包まれて、そぞろ歩く人々の目も虚ろになっていた。

梅見とはいうが、桜見とはいわない。やはり、花は桜、山は富士というくらい、江戸っ子に限らず、日の本の人々は桜が大好きであった。

芝居町の連中も、芝居が引けてから、花見をしようと押しかけた。

萩野八重桜はその芸名をもじって、『八重鍋《やえなべ》の会』というのを作って、年に一度、芝居町の自身番や橋番、町火消しなど、町内の諸々の仕事をしてくれている人々や、芝居小屋の裏方連中を集めて、夜桜を眺めながら、闇鍋を楽しんでいた。

今年も満開の夜、大川堤の桜並木の一角で、宴会を開いていたのだ。

宴会には、大道具、小道具、衣装、床山《とこやま》などの職人たちが、実に様々な芝居の話に花を咲かせながら、そして飲むほどに、自分たちだけの役者番付を立てたりして、無礼講でわいわいと酒席を楽しんでいた。

金四郎や次郎吉もその仲間として迎え入れられて、芝居の時の失敗談など楽屋話を交わしていた。

次郎吉は花より食い気で、ガッついて食べている。

「闇鍋……て何が入っているか、ドキドキするな。しっかし、今年は鯛だの鮟鱇《あんこう》だの蟹《かに》だの、色々と入ってやがんなあ……ふうッ。はあ、うめえ。ぐちゃぐちゃしてても、出汁《だし》が効いてて、こりゃ酒も進むぜ」

ひとしきり、鍋が浚《さら》われたときである。

ううっと突然、胸を摑んで藻掻《もが》きはじめた者たちがいた。

「うわっ。げえッ。なんだ、こりゃ！」

丁度、次郎吉が食べていた鍋に、寄っていた者たちだけが、五、六人、突然、苦しみはじめた。

「どうした、兄貴。また、殺される芝居かい？」

斬られ役に憧れているらしく、事あるごとに、そっくり返ってドタリと背中から倒れたり、苦しみ藻掻いて俯せたりして、人を驚かしているので、

――どうせ、またふざけてるんだろう。

と隣の鍋に箸を伸ばしていた金四郎は思っていた。

しかし、苦しんでいるのは次郎吉だけではない。他の人たちも泡を吹くくらい異様な状態になって、中には痙攣《けいれん》して卒倒する者もいた。尋常ではないと判断した金四郎は、すぐさま舌を嚙んだり、頭を打ったりしないように措置をしながら、医者を呼びに走らせた。

「おい、しっかりしろ。おい！」

萩野八重桜も駆けつけて来て、容態のおかしいのを懸命に介護した。すっかり花見の浮かれた気分は消えてしまい、辺りは騒然となった。桜を美しくするはずの篝火が、地獄に引きずり込む鬼火に見えた。

その騒動によって、三人の尊い命が消えた。

一人はカラクリ舞台師の啓助《けいすけ》。火消しの紋蔵《もんぞう》。後一人は、お玉《たま》という香具屋《やし》の娘であった。三人とも、すぐさま医者に運ばれたのだが、懸命の救命にも拘《かか》わらず、帰らぬ人となった。

次郎吉と他数人は、運よく助かったが、まだ体が自由に動かせずに寝たきりの者もおり、頭痛や痺《しび》れを訴え続けている。

町奉行所の役人が、亡くなった者たちの死体の検分や、鍋などを調べたが、

――石見銀山《いわみぎんざん》を盛られた疑いが強い。

とのことだった。

およそ二百人からの会合で、鍋の数も三十程揃えてある。誰が何処《どこ》の鍋を食べるかは、その時になってしか分からないし、座席があるわけではない、〝闇鍋〟は味噌鍋や醬油、塩など様々な味つけをされているので、一人が色々な場所で食べることとなる。

だから、特定の誰かを狙ったのではなくて、いわゆる〝愉快犯〟のように、騒ぎになるのを楽しみたいという者の仕業だと思われた。ますます悪辣《あくらつ》である。

南町同心の村上浩次郎を中心に、自身番家主の権蔵や岡っ引らがこぞって出っ払い、事件のあった当夜の不審な人物の洗い出しを急いでいた。

だが、何日経っても、有力な報せや証《あかし》を集めることはできなかった。夜桜見物だから、大概の者は、花と酒に夢中である。しかも、縄張りを仕切っての宴会ではない。知らない者でも、勝手に入って来て酒や食べ物を得ようと思えばできる。見知らぬ顔同士が話に弾む宵《よい》でもある。

なかなか、怪しい者を特定する、ということには至らなかった。

そのせいか、逆に、芝居町の人間でありながら、夜桜見物に参加しなかった者の方が、なんとはなしに疑られた。

日頃から、付き合いの悪い者はいるものだ。たとえば、決められた所に塵芥《じんかい》を出さない奴、祝儀不祝儀をしない者、町入用《まちにゆうよう》にまったく協力しない者、挨拶もろくにしない者など、少し変わった人間はどこにでもいる。かといって、その者たちはその場に来ていないのだから、凶行ができるわけがない。しかし、人が賑やかに楽しんでいるのを見て、こっそり悪さをしたがることもあろう。

——あいつが怪しい。

などと一度、噂が立てば、どんどん間違った方向に膨らんでいくのも事実である。それで住み辛くなって、町から離れた者もいる。だが、そうなると益々、真相からは離れてゆく。そして、下手人も分からないまま、虚しく日々が過ぎるのである。

その事件があってから、芝居町に来る客足も少し減った。

——芝居町には人殺しがいる。

などという風聞が流れ、芝居茶屋のみならず、他の料理屋や屋台などの食べ物にも、毒が入っていると噂されたのだ。もちろん、それは一部の者の危惧《きぐ》に過ぎないが、少なからず影響を受けたのは確かだ。

忌々《いまいま》しい花見から、半月が過ぎた。大川端に咲いていた満開の桜は、一晩にして花吹雪となって空を舞い、水面を埋め尽くした文字通りの花筏も、行き交う船によって、どこかに運び去られた。

葉桜が出るのかと思えるほど、時が経った気がした。山陰のある所では、年に四度も咲く「四季桜」があると伝えられている。隠岐《おき》に流された後醍醐《ごだいご》天皇《てんのう》が休んだことが縁だと言われている。

殺しの騒ぎの中で、一瞬にして散った桜を思うと、せめてもう一度咲いて欲しいと願うのは、金四郎だけではなかった。

そんな時、舞台の大道具のズレを木槌片手にトントン直していた金四郎のところに、一人の若い娘が訪ねて来た。

「金四郎さんですね」

「そうだが？」

娘と言っても、もう二十歳を過ぎているであろうか。心配事に取りつかれたように、顔がやつれていて、目には薄墨色の隈《くま》すら広がっていた。娘は少しだけ驚いた顔で、

「随分とお若いのですね」

「え？」

「父が、その……いつも、お世話になっていると申してましたので」

「……」

「初めまして。私は、カラクリ舞台師・啓助の娘、佐枝《さえ》と申します」

「ああ、啓助さんの。世話になっていたのは、こっちの方だ。このとおり、色々と教えて貰ったことを少しでもと、手伝ってるんだが、なかなか、うまくいかねえ」

　と金四郎は木槌を見せた。

　啓助は、ドンデンや奈落《ならく》などをうまく使った大掛かりな舞台仕掛けを得意としていて、鶴屋南北などの斬新な舞台装置を作る、当代屈指の大工だった。元々、本業は宮大工の棟梁《とうりょう》で、名刹古刹《めいさつこさつ》の修繕などもしていたのだが、ぶらり芝居を見たのがキッカケで、

　――ハリボテじゃねえ、本物を見せたい。

　という思いが湧き立ち、隠し部屋や屋台崩しといった、観客が驚くような仕掛けを作って、芝居に迫力をつけていた。

舞踊などは、書き割りや道具幕のようなものでもよいが、現実味を帯びた芝居には、ホンモノに限るということで、啓助はできるだけ実物に近い物を作り、梁《はり》や柱が倒れる舞台も自在に作っていた。それはひとえに、客を驚かせたいという思いが、人よりも何倍もあったからだ。

「啓助さんには……お気の毒なことをした。世話になっていたのは俺の方だ。すまねえ。助けることができなかった」

佐枝は申し訳なさそうに首を振って、

「そんなことはありません。でも、私たちが旅に出ていた間に……残念でなりません」

「旅に？」

「はい。実は私たちは、つい先月、祝言を挙げたばかりなのです」

「私たち？」

佐枝が振り返ると、まだ客入れをしていない枡席《ますせき》の所に、三十くらいの男が立っていた。小太りで、少し情けないように眉が垂れているが、いかにも実直そうな職人風だった。

「私の連れ合いです。祝言を挙げたばかりの」

「ああ……」

金四郎が頭を下げると、職人も丁寧にお辞儀をして、

「源八《げんぱち》と申します。親方には、見習からずっと二十年以上も仕えてきました。私の大事な大事な師匠です」

と少し涙声になった。大工の棟梁だった啓助のもとで、長年、辛苦を共にしてきた。そして、一人前と認めて、啓助は一人娘の佐枝を源八にやったのだ。

佐枝というのは、まるで武家娘のような名だが、啓助は宮大工。特別な職人だった。もう十年も前に病で亡くなった女房は、それこそ駆け落ち同然で一緒になった御家人の娘だった。すでにお腹には、佐枝がいて、後に二人の仲を認めた妻の父親が、

「いずれは、うちに返して貰うから」

と生まれた子には、武家に相応《ふさわ》しい名をつけたのだ。

佐枝と源八が祝言を挙げたのは、丁度、桜の時節の直前だった。だから、二人だけで箱根の方へ湯治と花見を兼ねて出向いていたのである。子宝を得るための旅だったという。

しかし、帰って来た途端、父親の訃報《ふほう》を聞いた。しかも、原因も分からなけれ

ば、下手人も分からない。怒りや苛立ちを、どこにぶつけてよいのか。佐枝は悲嘆に暮れていた。

「辛いだろうな。かける言葉もねぇよ」

佐枝は舞台の片隅に座ると、居ずまいを正して、

「金四郎さんにお願いに上がったのは他でもありません」

「何だい？」

「父は……きっと殺されたんです」

殺されたことは分かっている。誰が、なぜやったかが不明なのだ。金四郎は怪《け》訝《げん》に佐枝を見やった。

「誰もが皆さん、運が悪かったと慰めてくれます。でも違うんです。おとっつぁんは殺されたんですッ」

頭がおかしくなったのではないかと、金四郎は、今にも泣き出しそうな佐枝の顔をしみじみと見ていた。

「だから、どうか下手人を挙げて下さい」

金四郎は冷静に、小刻みに震えている佐枝を見やった。どうして、十手持ちでもない自分に下手人探しを頼むのか、不思議だったからである。

「父は……金四郎さんのことを一目見て、『こいつは大した若い衆だ。いずれ、でっけえことをやるに違いない』と、お酒を飲むたびに話していました。町名主の八重桜様をはじめ、芝居町の座元の方々もそうおっしゃってます」

「そりゃ、買い被りすぎだ。俺はただ芝居が好きだから……」

「芝居が好きなのは、父も同じです。だからかもしれませんね。どこかで、魂が通じたのかもしれません」

佐枝がそう言うと、源八は情けない顔になって、

「俺は全然、認めてくれてませんでしたから。いつまで経っても、ドン臭いと」

「それは弟子だから言うんだろう。てめえで言うのもなんだが、俺なんざ、まだまだ若造だ。あんたにゃ到底、敵いませんよ」

と木槌を振って見せた。

「で……佐枝さん。殺されたって言ったが、何か心当たりでもあるのかい？」

佐枝は眉間に皺を寄せると、悲痛な面持ちになった。

二

「私たちが二人だけで湯治に出かける前の晩のことです」

と佐枝は、源八の方を振り返って、そうよねというふうに同意を求めた。源八が素直に頷いたのを見て、佐枝は再び話し出した。

「廻船問屋の松前屋《まつまえや》の主人・梨兵衛《りへえ》さんが、うちに訪ねて来たんです」

啓助の家は堺町からは程近い新和泉町にあった。一時期は、五十人からの弟子を抱えていた大棟梁にしては、質素な住まいで、裏店《うらだな》に毛が生えたくらいであった。しかし、啓助は、

「他人様の家を作る大工が、他人様よりいい家《うち》に住んじゃならねえ」

というのが口癖で、自分のことには頓着《とんちゃく》しなかった。その人への気遣いが、芝居のカラクリ舞台を作る原動力なのかもしれぬ。

「松前屋……」

「はい。その時、奥の仕事部屋で、二人は話していたのですが、父は珍しく声をあらげたのです。何を言っているのかは、よく分かりませんでした。でも……そ

んなことはめったにないことなので」

佐枝は驚いたという。

その時、松前屋の方も顔を真っ赤にして怒っていたようで、

「いい気になりなさんなよ。後で後悔をしても知りませんからね」

と吐き捨てて立ち去ったという。

「塩撒いとけ！」

啓助も感情を露わにして、松前屋に聞こえるように大声で怒鳴った。

「――そんなことがあったから、私たちも箱根くんだりまで行くのは不安だったのですが、父は何でもないから、二人で子作りに励んでこいと冗談混じりで送り出してくれたのです。なのに、帰って来たら、こんな目に……」

と佐枝は胸がつかえたように言うのへ、金四郎は謎の糸をほじくり出すように、

「その松前屋が怪しい、とでも？」

「……」

「そう思うのはなぜだい？　喧嘩をしたからかい？」

佐枝は少し言い淀むが、

「あまり松前屋さんを誉める人はいません。お金に汚いし、人使いも荒い。色々な人に怨まれてるはずです」

「まあ、俺もそんな噂を耳にした事があるが、だからと言って……」

簡単に人を疑ってはダメだと言いかけたが、ごくりと飲み込んだ。佐枝は藁《わら》にも縋《すが》りたい思いで、金四郎を訪ねて来たのであろう。奉行所や自身番に出向いたが、相手にされなかったのかもしれない。

啓助がどう褒めていたのかは知らないが、世話になったことは確かだ。下手人を探し出したいという思いは、金四郎の心の中にもずっと燻《くすぶ》り続けている。トンと軽く木槌で床を叩いて、

「ひょっとして、松前屋が啓助さんを殺すために、石見銀山をこっそり、鍋に混ぜたとでも言うのかい？」

と金四郎が訊くと、すぐさま佐枝はコクリと頷いた。

「佐枝さん……俺が聞いたところじゃ、検死した医者は、石見銀山かどうかは分からないが、かなりキツい毒だと言っている。下手人が見つからないから、ふぐ毒のせいじゃないかという噂も立ったが、医者は症状が違うとキッパリ言った」

「そうなのですか？」

「ああ。だが、そうじゃねえとなると、誰かがわざと毒を盛ったとしか考えられねえ。しかも、その鍋は……この芝居小屋の次郎吉兄貴も食ってんだが、最後の方を浚っていて、苦しみはじめたんだ。運よく一命は取り留めたが……」

と金四郎は唸って目を細めると、

「もし、啓助さんが松前屋に狙われたとしたらだ。他の死んだ二人は、そのために犠牲になったことになるし、次郎吉兄貴たちもトバッチリを食ったことになる」

「これだけの事件なのに、どうして、お役人はロクに調べもしないんですか！」

佐枝が悲痛に叫ぶのを、源八が労《いたわ》るようにそっと支えた。金四郎はそんな二人を見ていて、悲しみは死んだ当人たちよりも残された人にあると、つくづく感じた。

もし、松前屋が啓助と何らかの揉め事があって、関わりない人を巻き込むのを承知で殺したとしたら、人にあるまじき卑劣な行為だ。金四郎はドンと胸を叩いて、

「俺なりに調べちゃみるが、余り殺し殺しと、まだ世間には言わねえ方がいい」

「どうしてですか。本当は金四郎さんも、私の話を、町方同心や岡っ引の親分の

ように信じてくれないので？」

「そうじゃねえよ。むしろ逆だ。殺しと吹聴すれば、敵は警戒する。あんな卑怯なことをする奴なら尚更だ。こっちが裏をかくためには、あの事件は一旦、人の噂から消えてしまうくらいの方が丁度いいかもしれねえよ」

佐枝は少し不満な顔をしたが、源八の方は納得したように頷いていた。

そんな様子を、舞台の片隅から、萩野八重桜が見ていた。

がっかりしたように、項垂《うなだ》れて立ち去る佐枝の後ろ姿を、八重桜は見送りながら、

「金の字らしくねえ。少し冷たかったんじゃないのか？」

「親が不意に死にゃ、その理不尽さに堪えられず、何かのせいにしたくなるもんじゃありませんか？」

「待てよ。おまえは、あれが事故だとでも？」

「安請け合いして、佐枝さんを落胆させちゃ、よけい苦しむ事になる。違いやすかい？　俺はこう見えても、きっちり道理を踏まえないと、てめえで承知できねえもんでして」

「ふむ。次郎吉の怨みも晴らす気だな。だからこそ、慎重に構えてる」

「そんなところで」

「おまえって奴は……たしかに啓助親方が言ってたように、不思議なモノを持ってやがるなあ。うらやましいよ」

「ご冗談を。八重桜さんの二つ顔の方が、よっぽど不思議ですよ」

大川の船番所は最下流の永代橋下から、両国橋、吾妻橋を経て、白鬚《しらひげ》あたりまでに六ヶ所もある。他に公儀御用船蔵や船手番などの桟橋なども含めると、そこかしこに幕府の目が光っていることになる。

中川船番所が江戸に入る物資の関所とはいえ、江戸府内にあっても、あちこちの掘割の途中などに格子門が設けられており、小舟が通るときには運上金を払わねばならない。もちろん、予め届け出ている舟で、船主のはっきりしている舟しか往来できないのが、原則となっている。

原則には必ず例外がある。面倒臭い届け出などをせずに、自由に往来している舟もあるが、今の交通規則と同じで一定の決まりがあるから、それに反するとすぐさま御用となる。

堺町の大川に面した所にも、立派な番所があった。大川から芝居町へ逃げ込む咎人《とがにん》を見張るのが基本であり、出て行く者ももちろん誰何《すいか》される。それほどに芝居町は窮屈な一面があった。

掘割や高塀で囲まれ、吉原のような大門があるが、大川に面した地域は笊《ざる》である。だから、一層、目を光らせているに違いない。なぜ、ここまで幕府が目をつけるかというと、仮名手本忠臣蔵《かなでほんちゅうしんぐら》や心中天網島《しんじゅうてんのあみじま》のような大当たりの歌舞伎や浄瑠璃が出ると、仇討ちにしろ心中にしろ、大きな社会現象となる。そのことによる、世の乱れをお上は心配しているのだが、それこそ、

——杞憂《きゆう》。

である。庶民は、お上が考えているほどバカではない。芝居や踊りで憂さは晴らすが、妄想を抱く為政者よりも、よほど現実を見据えて、足を地に着けて生きている。

番所の外は大川である。

船番役が、川舟を止めて、荷改めをしているのを、陸からは、道中奉行の棚橋《たなはし》主水輔《もんどのすけ》が立ち合っている。

道中奉行の役目は、五街道の宿場の伝馬や旅籠《はたご》、飛脚などの管理とともに、普

請や事故、人足請負や抜け荷の取り調べなど、多岐にわたっている。三千石以上の旗本が、大目付や勘定奉行を兼任していることも多い、大変重い役職である。

街道は当然、諸藩の領内を通っている。ゆえに、訴訟沙汰《そしょうざた》や税にまつわることと、関所での事件など面倒なことも多い。藩の方から見れば、不手際が藩側にあった場合、お目こぼしをして貰いたい。よって、道中奉行には、諸藩の江戸留守《えどるす》居役《いやく》などからの付け届けは、自然と多くなるというものだ。

棚橋もその黒い噂の持ち主ではあったが、老中首座の水野出羽守が賄賂《わいろ》の〝大《だい》権現《ごんげん》〟ゆえか、誰も咎めようともしなかった。

時折、不意打ちに、何処にでも現れるのが棚橋のやり方で、その厳しさゆえに、各番所や宿場の役人たちは気を抜けなかった。それほどに厳格な棚橋の評判は、上役から見れば上等なのであろうが、庶民から見れば、

――勘弁してくれよ、いい加減。

という程の細かな取り調べようであった。

この日も――。

荷に筵《むしろ》を被せた小舟が来る。

「待て。筵を取れ」

と役人が船頭に舟を止めさせて、筵を取ると、酒樽が数個あった。江戸湾の沖合に泊めてある樽廻船《たるかいせん》からの荷である。

船頭が通行証を見せて、廻船問屋松前屋の荷であることを告げると、棚橋自らが船に降りて、荷物を改めた挙げ句、

「構わぬ。通せ」

「しかし……」

一瞬、番人が帳面と合わせようとしたが、棚橋は淡々と言った。

「この松前屋の荷は大奥直奏のものじゃ。改めるに及ばぬ」

桟橋から見ていた他の小舟の船頭がボヤいていた。

「なんでえ、松前屋はいつもああだ」「やっぱり袖の下でも掴ませてンじゃねえのか？」「こちとら生ものだ、早く通して欲しいもんだぜ」

などと文句を垂れているのを、浜辺で釣りをしながら、金四郎が聞いていた。

「松前屋……棚橋主水輔……プンプン匂いやがる」

金四郎はその日、一日中、堺町に入る船荷を飽きるほど眺めていた。

三

小石川養生所の田之倉玄斉《たのくらげんさい》という医師が、鍋を食べて死んだ者が飲まされたのは、石見銀山であると断定していたが、後日になって、

「ふぐ毒に間違いない」

と言い出した。そして、芝居町の鍋係の五人が五人とも、町奉行所で取り調べられる事態に陥った。

ふぐの扱いは厳しい。調理人が死人を出せば、下手すれば死罪にだってなりかねない御定法がある。ゆえに、芝居町の者は、ふぐは入れてなかった。みんながふぐだと思って喜んでいたのは、カワハギだったのだ。

「なのに、ふぐだと断定した根拠はなんなのですか、先生」

金四郎は薬研《やげん》を引いている玄斉に向かって、しつこく尋ねた。

「確かなんですね？」

「たしかだ。私はそう判断しただけで、調理人の処理が悪かったのであろうと、奉行所でも調べがついてる。その者たちも、牢送りになったはずだ」

「だから、そんなことはありえないと言ってるんだ。当人たちが、カワハギだと言ってるんだから」

「いや。それは罪を逃れるための方便であろう。私は断じて、嘘は言わない」

「でも、最初は石見銀山だと」

「……」

「石見銀山とふぐ毒じゃ、えらい違いだ。明らかに殺すのが狙いか、そうじゃねえかで、天国と地獄ほど違いますぜ」

「こんな言い方をしては何だが、死んだ者にとっては、どちらでも同じようなものだ。もう忘れて、生きた者が供養してやるのが一番だと思うがな」

「医者の言葉とも思えねえ」

金四郎は薬研を握っている玄斉の腕をぎゅっと握って、

「話す時は人の顔くらい見て下せえよ」

「何をする。放せ」

「あんた……誰に口止めされた」

「そんなことはされておらぬ」

「松前屋か。それとも、道中奉行の棚橋主水輔か」

玄斉は一瞬、目が泳いだが、精一杯、平静を装って、

「遊び人にあれこれ言われる筋合いはない。とっとと帰りなさい」

「そうはいきませんや。死んだ者がどうして、なぜ殺されたかを、綺麗に調べてやるのが、俺たち生き残った者の務めだ。それこそが供養だ。それに下手すりゃ、俺だって死んでたかもしれねえ……誰か一人を殺すために、何人もの命を犠牲にしたんだ。もっとも、一人狙ったとしても、同じ罪ですがね」

「……」

「だがな、己の罪を偽装するために、他の人を殺《あや》めるのは、口封じで誰かを殺すのよりもタチが悪い。下の下だ。先生……あんたは、その罪に荷担したも同じなんですぜ、嘘をつきとおすなら」

「知らぬ。帰れ」

金四郎は呆れたような吐息で、

「俺がここに来たのはな、玄斉先生。あんたがある藩の藩医になると聞いたからだ。松前屋さんの口利きでな」

「……」

「おめでとうございやす。でも、覚悟しといて下せえよ。俺は人の命を軽んじる

奴が、一番、嫌いなんだ」

金四郎がギラリと睨《にら》みつけたとき、

「ほんとですよ」

と女の声がした。

振り返ると、患者の間を縫うように、千登勢が来ていた。武家娘姿ではあるが、普段着であろうか、振袖ではなく、派手な花柄の小袖であった。

「――またぞろ、何やってんだ、こんな所で」

「私だって、金四郎さんのお役に立ちたいだけです」

「だから、それは……」

「金四郎さんが何を探索しているかも、私も粗方、自分で調べて参りました。酷い話ですよね。玄斉とやら」

と千登勢は威圧的に玄斉を見やって、

「私、許せませんから！」

金四郎は千登勢の腕を取って表門の外に出た。

「私、許せませんから……おまえな、ガキの頃から、そう言った後は、なんだかんだ、めちゃくちゃするんだから。いつぞやなんか、みたらし団子を盗んだお婆さんを、とことん追いつめて怪我までさせて」

「あら、そんなの当たり前でしょ？　悪い事をしたのに、年寄りも子供もありません」

「いいから邪魔するな。いいな！」

突き放すようにして、金四郎は突っ走った。一時でも早く、離れたかったからである。そして、路地に飛び込んで、

「どうも、あいつと会うと調子が狂う」

と首をコキコキ鳴らしてから、松前屋に向かった。

直に、自分の目で確かめないと気が済まないからである。

浜町にある『廻船問屋松前屋』は、金四郎が拍子抜けするほど小さな店であった。ふうなら、忙しく働いているはずの番頭や手代、荷物人足たちの姿もぱらぱらである。

近くの路地裏にある天水桶《てんすいおけ》の陰に来ると、次郎吉が潜んでいた。

「兄貴、もう出歩いて大丈夫なのか？」

次郎吉はビクッと振り返って、

「なんでえ。いきなり声をかけるなよ」

「兄貴もここに目をつけたんだ。佐枝さんから……」

「俺も聞いたよ。どう考えたって、松前屋の仕業じゃねえか」

「ま、今のところ、俺もそう思ってるが」

「今のところ？　バカ言え。奴の仕業だ。聞いて驚くな。松前屋は廻船問屋をやる前は、ネズミ退治の薬売りだったんだ。つまりは石見銀山だ。それを手に入れるなんざ、朝飯前じゃねえか」

「でも、兄貴。ここの主人の梨兵衛は、還暦過ぎの御老体だ。あの花見の席に来ていたとは思えねえ」

「バカか。本人がやるわけがねえだろう。誰かを雇ってやったんだよ」

「そんなことをすれば足がつきやすいと思うけどな」

「とにかくだ！　俺は死にかかったンだ。おまえとは思い込みが違うよ」

「思い込みなら、啓助親方の娘とどっこいどっこいだな。あの佐枝さんも、結構、思い込みが激しそうだしな」

「見当違いだってのか、金の字」

「そうは言ってやせんよ。道理を通しやしょうって、それだけでさ」

金四郎が珍しく慎重なことを言ったとき、見張っていた松前屋の表に、顰《しか》め面《つら》の男が出てきた。

「あいつだ。番頭の岩吉《いわきち》だ」

と次郎吉が声を出すのへ、金四郎が言った。

「兄貴、あいつを知ってるんで？」

「やっぱりな……」

「なんです？」

「奴は……岩吉は俺と一緒に、木戸番をやってたんだよ。何年か前に、ふいに辞めて、『松前屋』に入ったと聞いてたが、番頭にまでなってやがる」

次郎吉は少し妬《ねた》むような顔つきになって、

「あんな鈍くさい奴が番頭なんて、おかしいとは思わねえか？」

「人生、色々、あるんでしょ？」

「若い癖に悟ったこと言うンじゃねえよ。奴はな、何かやらかしたんだ。だから、芝居町を追い出されて……」

と考えていた次郎吉は、突然、

「あ！」

と声をあらげた。

「いた……あいつは、岩吉は、あの夜桜の集まりの中にいた」

「本当ですかい？」

「ああ。俺の鍋の所にも一度来た。だが、こっちが声をかけようとしたら、話したくなさそうに立ち去ったンだ」

金四郎は少し疑りの目を向けた。思い込みが妄想を抱かせているのかもしれないからだ。次郎吉はそんな金四郎の冷たい視線を感じながらも、通りに飛び出て、岩吉に声をかけた。

「岩吉。旦那の具合はどうだ」

「ああ……なんだ、驚いた。次郎吉か。随分、久しぶりだな。達者だったかい」

「達者で悪かったな、おい」

「え？」

「おめえ。この前の、夜桜の晩、俺たちの鍋の近くに来たよな」

「さあ……」

「惚《とぼ》けるな、このお」

と次郎吉はいきなり摑みかかった。

「どうなんだ。おまえは命じられただけなんだろ？」

「何の話だ」

「惚けるな、このやろう！」

次郎吉が殴りかかろうとするのを、駆けつけた金四郎が止めた。

「兄貴、よしなせえ」

「放せ、金の字」

「いいや。こんな事をしちゃ、かえって啓助親方が可哀相だ。さ、帰りましょう。体もまだ全て快復してねえんですからね」

金四郎は力任せに、次郎吉を引き離した。その瞬間、岩吉が、

――啓助親方
という言葉に、異様なほど反応したのを、金四郎は見逃さなかった。

四

岩吉が訪ねて行ったのは、向島《むこうじま》にある小さな寮だった。寮というほどでもない。ただの田舎の侘《わ》び住まいである。

そこには、『松前屋』主人の妾・お藤《ふじ》が囲われていた。

だが、次郎吉を追い返した後、そっと尾けて来た金四郎が見たものは、岩吉とお藤の情事であった。主人の妾と関わりを持つなんてことは、忠義に反することである。もし、見つかることがあれば、二人とも引き廻しの上獄門である。例え、妾であっても極刑は免れまい。

それを目の当たりにした金四郎は、得も言われぬ不快な感覚とともに、人間の空恐ろしさを感じた。

仮に、岩吉が毒を盛った下手人だとしてだ。それは恐らく、主人の梨兵衛が命じたことである。ゆえに、もし、お藤との関わりを咎められても、

「毒のことをバラしますよ」

と言えば、不義密通を見逃してやるしかあるまい。真相は分からないが、岩吉という番頭は、したたかで、底意地が悪いという印象を、金四郎は受けた。

その話を聞いた、自身番家主の権蔵は、

「ああ。その岩吉なら、俺も知ってる。次郎吉とはたしかにつるんでいたが、人間の質が違ったな」

「人間の質」

「分かるだろ？　約束を破って平気な奴とか、人のものを自分のものにするのは

当たり前だとか、てめえが悪くても言い訳ばかりする奴とか。そういうことだよ」

権蔵は同意を求めるように金四郎に言うと、調べて来たことを聞きたいと身を乗り出した。

「妙な動きがありやした。主人の梨兵衛は三年前に女房をなくしており、その代わり、若い女を囲っているんですよ」

「女を、な」

「向島花屋敷の近くに一軒家を借りてやってます。名はお藤ってんですがね……旦那と岩吉を両天秤《りょうてんびん》にかけているようです」

「ふむ。気色の悪い話だ」

「どちらかというと、お藤の方が、岩吉に惚れてるみたいでしたよ。俺の見た感じでは、ありゃ、旦那と知り合う前から、そういう仲だったんじゃねえかな」

「どうして、そう思う」

「見た感じですよ。岩吉は普段は忠義面してやすが、腹ン中はどうですかね。手代たちの話じゃ、店を切り盛りしてるのは、もっぱら番頭。だが、子供はいない

……お藤に子供が産まれて、主人が死ねば、身代はそっくりそのまま受け継ぐ」

「そして、子供の父親は、岩吉というわけかい。ま……よくある話だ」

と権蔵は深い溜息をついてから、

「だが、そうだとして、『松前屋』が啓助親方を殺したわけはなんだい」

「まだ分かりません。ただ、啓助親方の名を聞いたときに、岩吉が明らかに妙な顔つきになった。俺のこの目がちゃんと覚えてる」

「妙な顔、な……」

「へえ。啓助親方と岩吉には、昔、何か曰《いわ》くでもあるんですかい？」

「いや。何もねえだろう」

権蔵が想像がつかないくらいだから、大した関係ではないのかもしれない。カラクリ舞台を作っていた親方と、その芝居小屋で木戸番や下足番をしていた男。それだけのことである。

「おかしいじゃねえですか」

と金四郎は言った。

「岩吉が狙って得なのは、啓助親分なんかじゃなくて、主人の梨兵衛じゃねえですか。妾とあんな深い仲なら、いっそのこと主人を狙えばいい。どうして、啓助親方なんかを」

「だから、それは……梨兵衛に頼まれたからだろうよ。何か啓助親方と揉めてたんだろうからな」

「何で揉めてたんでしょうねえ」

「さあな」

「俺が岩吉だったら、嫌いな主人の揉めてる相手を狙って毒を仕掛けたりしやせんね。そんな危険を冒して、てめえが殺しで捕まるのは割が合わねえ」

「まあ、そうかもしれねえが……」

「忠義でやったとも思えないでやしょ？　もし、岩吉が毒を盛ったのなら、もっと他に何か訳があるような気がするんだ」

「……」

「ここは、権蔵親分。その十手でもって、梨兵衛と啓助親方が何で揉めていたのか、はっきり調べて下さいよ」

　権蔵が『松前屋』に出向いて、主人の梨兵衛に揺さぶりをかけている間に、金四郎は啓助親方の一の弟子だった源八を呼び出した。もちろん、新妻の佐枝には内緒である。

なぜならば、金四郎の所へ佐枝が、藁をも縋る思いで助けを求めて来たとき、源八は言葉少なだったが、どこか冷静だった。思い込みで突っ走っている佐枝ではなく、『松前屋』の主人の梨兵衛が訪ねて来たときのことなどを、冷静に聞いてみたかったからである。

源八は芝居小屋に来ると、早変わりや屋台崩しに使うカラクリ舞台の仕掛けを色々と見て回った。源八は普通の家しか扱っていないが、珍しそうに見ていた。

「立派な造りですね。丁度、柱と壁の間に、人が隠れるような、隠し棚までしつらえてある。ここに役者が潜んでいて、突然、飛び出て来たりするのですかねえ」

木訥《ぼくとつ》な雰囲気で語る源八に、金四郎はさりげなく、松前屋主人の梨兵衛と啓助の関わりを尋ねたが、あまり深くは知っていそうになかった。

「でも、源八さん。あんたが一番弟子だったんだろう。何か分かることがあるんじゃねえんですかい？　佐枝さんでも気がつかない何かが」

「――さあ。それに、一番弟子というのも、どうですかね……私には人一倍厳しかったですから」

「でも常に側にいたんだ。何か気づいた事はねえかかな」

「金四郎さんは、お嬢さんの言うことを?」

「正直言ってまだ分からねえ。しかし、誰がやったか気になるのは、娘なら当然だろう。あんただって、そうだろ?」

「へえ」

「町方は、ふぐ毒だったで片づけようとしている。もっと上から、何らかの下達があったのかもしれねえ。でも、そんなことで終わっていいと思うかい?」

「いいえ……」

「ひょっとしたら、生き残っている次郎吉とか、他の芝居町の人たちが狙いだったってことも考えられるンだ。でも、何もない。てことは……」

源八はピンと来て、

「やはり、金四郎さんは……」

「ああ。狙われたのは、佐枝さんが言うとおり、親方の方じゃねえかな。お玉という娘は、まだ若くて、命を狙うほど揉めている相手がいるとは思ねえ。それと、もう一人、町火消しは、これも怨みを買う人間ではないし、トバッチリだとしか考えられねえんだ」

「では、親方が怨みを買う人間だとでも!?」

「そうは言ってねえよ。逆恨みってこともあるし、何か心当たりはねえか？」

源八は考えていたが、分からないと首を振った。

「じゃあ、あんたたちが湯治に行く前日に、松前屋が来たのは、何のためだったと思う？　何で揉めて、松前屋は怒鳴って帰ったのか、思いつくこと、何でもいいから教えてくれねえかな」

「それが、私には……」

また、分からないと首を振っただけだった。

「こんな立派なカラクリ舞台を作る親方なんだ。人様に弱味を握られたり、怨まれたりするとは、なんとなく考えられないのだがな。常に人のことを思ってたというし」

「カラクリ……」

「ん？」

「カラクリ……」

源八は子供のように、何度も口の中で呟いては、首を傾げていた。

その夜──。

養生所近くの路地裏屋台で、次郎吉は蕎麦《そば》を食べながら、玄斉を見張ってい
た。もう一刻も待っているのに、姿を現さない。今日は当直ではなく、帰るのは
既に調べてある。
ちらちら養生所の門を見ながら、蕎麦を掻き込んでいると、潜り戸が開いて、
玄斉が提灯《ちょうちん》片手に出て来た。そして、おもむろに歩き出した。
「半分しか食ってねえから、八文でいいな」
「そんなムチャな」
「気にするな」
と小粒を置いて次郎吉は尾行を開始した。
すると玄斉は、神田河岸まで来て、船着場に接岸している屋形船に乗り込ん
だ。
「ほらな……やっぱり、何か嘘をついてやがるんだ。俺も被害を受けたンだ。嘘
なら、とっちめてやる」
ぶつくさ言いながら、少し離れた木陰に潜んで、次郎吉は様子を見ていた。
すると、別の方からも提灯が来た。無紋だが、その明かりに浮かんでいるの
は、松前屋梨兵衛だと一見して分かった。目を凝らして見ながら、

「松前屋……!? やはりな、繫がってやがったのかよ」

松前屋も屋形船に乗り込むと、船頭が櫓《ろ》をこいで離岸し、音もなくスウッと沖の闇へ消えて行った。

「バカだね。次郎吉様を舐めるなよ」

五

「やっぱり、二人は通じてたかい」

堺町自身番の中で、次郎吉は調べて来たばかりのことを、自慢たらしく、金四郎と権蔵に話していた。

「でも船の中でどんな話をしたか、はっきり聞こえなかったが……およそ、こんなことだったと思う」

と次郎吉は、屋形船の中の梨兵衛と玄斉が差し向かいで酒を飲んでいたのを、見たままに語ろうとすると、

「見た？」

権蔵が驚いた。次郎吉は当然のように頷いて、

「雨が降ってなければ、神田川の流れはほとんどない。だから、近くに留めてあった小舟を拝借して、船頭に気づかれないように近づいただけよ。そして、船頭にちょいと鼻薬をきかせて……」

梨兵衛は、しきりと金四郎の動きを気にしていたという。

『金四郎という男は、噂では、どこぞの旗本の息子らしい。ひょっとしたら、目付やもしれぬから、気を付けて下さい』

『そう言えば、私の所にも来て、あれこれと聞いておったが、ちょろちょろと嗅ぎ回ってうるさい。事と次第では始末しといた方が身のためではないのか』

『そっちこそ、ぬかりなく頼みますよ。でないと、藩医どころかクビが飛ぶことに』

『案ずるな。それより金は……』

『ここに』

と傍らの風呂敷を開くと、桐箱に小判が数十枚ぎっしりと詰めてあった。

『わしが、ふぐ毒だと言い張ったから、お上も信じたのだ。恩を忘れるなよ』

『もちろんです。でも、金はこれが最後にしますよ。欲を出されるのも困りますし、あまり長く関わると、それこそボロが出てしまうかもしれない』

『それはいいが、石見銀山を盛った岩吉という番頭も……始末しといた方がよいのではないか？　奴が話したら、少々、面倒であろう？』

『そんなことは承知していますよ。あいつは、私の妾と密かに出来ている。心中に見せかけてもいいし、不義密通を見たということで、斬り殺してもいい。内縁でも、夫は相手の男を始末していいですからね』

そのようなことを話していたという。

金四郎は膝を叩いた。

「そこまで分かってりゃ、村上の旦那にしょっ引いて貰って、ちょいと痛い目に遭わせれば、すぐに吐きますよ」

「そうもいかねえだろう」

と権蔵は楽観はできないと言って、

「グウの音も出ない証《あかし》を探し出すしかねえと思うがな」

「証を探す？」

金四郎は呆れるほどの溜息をついて、

「ああ、もうじれってえなあ」

そう言うなり、権蔵の十手を引っこ抜いた。

「こら、金の字、何しやがる」

「すぐに、お返しいたしやすよ」

ぐずぐずしてられねえとでも言いたげに、金四郎は飛び出して行った。

「なんでえ、あいつは。道理がなきゃ動かねえと言ってるくせによッ」

松前屋まで突っ走って行った金四郎は、いきなり踏み込んで、

「主はいるか！　梨兵衛！」

帳場にいた岩吉が、腰の十手を見るなり、驚いて金四郎に近づいた。

「失礼ですが、親分さんは……」

「どうでもいいから、折り入って聞きたいことがある。梨兵衛を出せッ」

わざと威圧的に言う金四郎に、岩吉は平身低頭で、

「ただいま！　お待ち下さいませ」

「それには及ばねえ。邪魔するぜ」

と上がり込もうとすると、奥から梨兵衛が来た。

「店で騒ぎは困ります。話なら奥で」

金四郎は十手を突きつけて、

「話なぞいいんだ。蔵を見せて貰おうか」

「蔵？」

「抜け荷の疑いがある。町奉行所からのお達しだ」

「⁉……」

「疚《やま》しい事がなきゃ、見せられるな？」

　そこへ、険しい顔の村上が来た。

「いい加減にしねえか、金の字」

「これは村上の旦那」

「どういう了見だ？　おまえ、いつから十手持ちなんぞになった。俺は御用札を、おまえなんぞに渡した覚えはないが？」

　金四郎は怯むどころか、渡りに舟とばかりに笑顔さえ洩らして、

「旦那がいるなら、丁度いいや。抜け荷の疑いがある限り調べるのが、町奉行所の務めじゃありやせんか？　俺はこの目で、しっかり見たんですよ」

「なんだと？」

「ええ、この目でね。道中奉行の棚橋様と、松前屋、おまえとの繋がり……言ってる意味が分かるな？」

　と金四郎は鎌を掛けてみた。

梨兵衛はほんのかすかにギクリとなったが、素知らぬ顔で、

「何の話か分かりませんが、どうして、うちの蔵を調べるのです？」

「抜け荷を隠しているからだ。それ以外に何があるってンだ」

「ふん……もし、なかったら、どうするのです？　村上様。あなた様まで立ち合って、もし何も抜け荷なんぞなかったら、どうしてくれるのです！」

「そこまで言うなら、見せろよ」

「……」

「いいでしょう。でも、ないでは済ましませんよ。覚悟は出来てンでしょうね」

梨兵衛は岩吉に鍵を持って来させて、金四郎たちを、立派な一番蔵に、案内した。村上は少し不安な顔をしていたが、金四郎は自信満々であった。

ギギイイ――。

二重になっている重い扉を開けると、中には明かり窓からの光に浮かぶ俵物がどっさり積まれてあった。

「一番蔵です。ここには奥羽や北陸などからの乾物や海産物など俵物を置いてあるだけですから、好きなだけ開けて見て下さい」

金四郎は、時々、俵を開けて中身を見ながら見て回った。

　そして、二番蔵には、漆器や細工ものなど、伝統工芸の品々が保管されてあった。金四郎、天井や柱を射るように見て回った。

　さらに三番蔵――。

　まだ新しい雰囲気で、荷はさほどないが、特段、不自然なものはなかった。

「この蔵はまだ出来て間がありません」

　梨兵衛が説明するのへ、

「啓助親方が作ったってやつは、どの蔵だい」

「啓助親方？」

「惚けなくてもいいだろう。娘の佐枝さん夫婦が湯治に出る前の晩、あんたは親方の家にわざわざ訪ねて行った。何の話をしに行ったんです？」

「……」

「その時、親方が怒鳴ったらしい。あんたも怒っていた。一体、何があったんだ」

　金四郎が責めるように訊くのを、村上は心配そうに見守っていた。だが、梨兵衛はわざとらしく首を傾げると、

「たしかに訪ねて行ったが……はてさて、喧嘩なんぞしてませんよ」

「ま、勝手に惚けるがいいさ」

と金四郎はさらに続けて、「番頭の岩吉を通じて、あんたは啓助親方と知り合った。親方は、カラクリ舞台師だ。あんたは、その親方に近づいて、あるカラクリを頼んだ」

「……」

「隠すな隠すな。大工にしろ、カラクリ舞台にしろ、所詮、一人ではできねえ。いくら隠しても、どこかから秘密は漏れるんだよ。ただし……」

金四郎は余裕の笑みを浮かべながら、「カラクリというのは、大概が二重三重になっているものだ。大工たちは、親方に言われるがまま作るだけで、どういう仕掛けになっているかが、内緒のことはよくあるこった。殊に、驚かすものならばな」

「何が言いたいのですかな」

「──俺は、親方と一緒に死んだ火消しの紋蔵、お玉の怨みも晴らしてやりたいだけだ」

金四郎、壁や棚をトントンと手で叩いたりしながら、もう一度、蔵を見回し、不審な仕掛けがないか調べた。

「どうです。何か引っかかるところがありましたかな」

「ねえな」

　と金四郎はあっさりと言った。すると、村上は少しカチンときて、

「どういう了見だ、金の字。土下座じゃ済まなくなったぞ」

「慌てねえで下さいよ、旦那」

「空威張りも大概にせい。何も見つからぬでは……」

「でも、松前屋で働いていた者も証言しているんです。抜け荷はどこかに必ずあるってね……これは、あっしの勘ですが、三番蔵に何かカラクリがあるような気がするんです」

「なぜ、そう思う」

「一番弟子の源八の話によると、親方は新しい蔵の仕上げには誰一人、弟子を立ち合わせなかったんです」

「というと？」

「松前屋と何か約束があったそうで」

　金四郎が探るような目で見ると、梨兵衛は、

「でたらめを言わないで下さいな」

と不快な顔になった。構わず、金四郎は続けた。

「親方は、舞台カラクリを仕上げるときは、たとえ弟子でも、どういうものができるのか、話しません。ましてや、お武家や大店の蔵は、盗人《ぬすっと》よけのためのカラクリを仕組むことがあります。他人に話せばどこから、その仕掛けが洩れるかもしれない。職人として秘密を守る義務というのがあるんです」

「そうなのか？」

「源八も知らないカラクリ……その秘密のために殺されたのかもしれない。そんな気がしてしょうがねえ」

「その仕掛けの裏に、抜け荷が隠されていると？」

「おそらく」

「松前屋……おまえはわずかこの二、三年で江戸屈指の廻船問屋に成り上がった。前々から臭いと睨んでいたが、金の字の勘もあながちデタラメじゃないかもしれねえな」

「抜け荷の解決こそが、親方殺しの解決にもなるかと」

「いい加減にして下さいな村上様。そんな根も葉もない事を言って困るのは、そちらですよ」

と、梨兵衛はムキになって目を細めた。

だが、村上は歯牙にもかけず、

「検死した医者の方は俺が叩いてみる。金の字、おまえは、今一度、親方の身辺を探ってみな」

「へいッ」

と廊下に出た。

すると、道中奉行の棚橋が立っていた。

金四郎が怪訝に見やるのへ、棚橋は一瞥《いちべつ》しただけで、

「村上」

「これは棚橋様。覚えて下さってましたか」

「ああ。おまえには一度、煮え湯を飲まされたゆえな」

金四郎は意外な顔で、村上を見た。大身の旗本を突き上げるような骨のある同心だったのかと感心したのだ。

「煮え湯などと……あなた様が、ある賄賂事件に荷担していたのを摘発しただけです。もっとも、旗本のあなた様には、痛くも痒《かゆ》くもなかったはずですが？　私の方はみな処分され、貰った方はのうのうとしているのですから、おかしな話で

すな」

村上は皮肉を言って、「先般より探索している抜け荷の事で、お話があります。こちらから、一度、お尋ねに伺おうかと思っていたところです」

「いつでも来るがよい。しかし、先程から聞いておったが、このわしが抜け荷に荷担しているような暴言は断固、許し難い」

と金四郎を睨みつけた。

「だが、今度だけは許してやる」

腹の中では、棚橋は金四郎のことを目付かもしれぬと思っているのだ。

「それゆえ、二度と近づくな。よいな」

金四郎は何か言おうとしたが、村上が頭を下げろと後ろ襟に触れたので、

――この場は退散しかねえか。

と一礼して立ち去るしかなかった。

梨兵衛は少し勝ち誇ったように笑みをもらしていた。

六

桜が散ったのは満月の夜だった。

満月の日に散ると、二度、桜が咲くと言われている。事実、百年に一回は、年に二度咲くことがあるという。「四季桜」は単なる伝承ではなく、気候の良さで、何かがトチ狂ったのかもしれない。物事もそうだ。何かが少しずれただけで、ポロリと真相が現れることもあるし、逆に消えてしまうこともある。

金四郎が蔵を改めた、その翌日のことである。

松前屋の主人・梨兵衛が何者かに殺された。

金四郎が訪ねたときには、既に村上と権蔵が来ており、発見場所の大川の河原には、筵に寝かされている梨兵衛の遺体があった。胸にはグサリと刃物で刺された痕跡が鮮やかに残っている。

「殺されたのかい？」

と金四郎が尋ねると、権蔵が少々、苛ついた声で答えた。

「見りゃ分かるだろ。心の臓をブスリと一突きだ。むごい事をしやあがるぜ」

「下手人の目星は……」

「うるせえ。てめえが余計なことをしなきゃ、死んでない人物だ。こっから先は俺の仕事だ、昼寝でもしてな。金四郎、おまえは松前屋さんが何やら悪さをしている。そう睨んでたが、とんだ眼鏡違いだったな」

権蔵は険しい顔で言ったが、金四郎は平然としたままで、

「これは、村上の旦那……医者の田之倉玄斉を調べ直した方がいいですぜ。それが、棚橋様への近道かと思いやす」

松前屋が殺されるのを読んでいたような金四郎の言葉に、検死が済んだ後、村上はすぐさま南町奉行所・吟味部屋に玄斉を呼びつけた。

神妙な顔で座っている玄斉に、村上は淡々と尋ねた。

「あくまでも知らぬと言うのか？」

「痛くもない腹を探られるのは不本意ですな」

「松前屋が死んだのは知っておろう。誰に殺されたか見当はつかぬか？」

「さあ、さっぱり」

「おまえたち二人がネンゴロだということは、既に調べておるのだ。心当たりは

ないか」

「ありません」

「啓助親方を殺したのは、どうやら松前屋だ。その事が九分九厘、判明した途端の死だ」

と探るような目になって、「松前屋に生きていられてはマズい者の仕業に違いあるまい」

玄斉は憮然となって、

「私に一体、何の関わりが？」

「それが……あるのだ」

傍らの同心に頷くと、紙袋を差し出した。

「奉行所の者に、小石川養生所のおまえの診療室を調べさせた。そしたら、出て来たんだよ。ある毒が」

「そんなバカなッ」

村上は低い声で睨みつけて、

「医者は毒を扱っただけで死罪だ。承知してるな？」

「ま、待って下さい。それは梨兵衛に頼まれて作っただけのことで……」

とハッと口をつぐむ。

村上はニタリと笑って、

「語るに落ちたな。全て話して貰おうか」

玄斉はわなわなと震えていたが、愕然となって、

「本当に作っただけなのです。後は知らない。毒を盛ったことも、誰かを殺そうとしたことも、私の慮外《りょがい》です。本当です。信じてください！」

と奉行所中に響きわたるほど泣きわめいた。

松前屋梨兵衛の死を知った佐枝と源八は、衝撃を隠しきれなかった。

「やはり、父は……」

「松前屋は、他の者が死ぬのを承知の上で、狙いは啓助だったようだ。玄斉に石見銀山から毒を作らせ、頃合いを見て、鍋に混ぜた」

「それは誰が？」

「番頭の岩吉だというが、梨兵衛が死んだのだから、証はなくなった」

「でも、どうして……どうして、そんな目にあわなければ、いけなかったのです」

「恐らく、秘密の蔵を作ったせいだろう。カラクリのな」

「カラクリ……」

と源八が、やはり何かあるのかという顔で、振り向いた。

「抜け荷を隠すためだ。それを親方は知ってしまった。だから松前屋に、殺されたに違いないんだ」

「そんな事のために親方はッ」

「割り切れねえだろうが……後は、お上に任せて、親父さんの供養をしてやりな。二人揃ってな」

「揃って……？」

金四郎は、芝居町の一角に二人を案内した。

小さな長屋の片隅だが、そこには真新しい匂いのする箪笥《たんす》や布団、食器、瓶などが置かれていた。そして、いつかは生まれるであろう、赤ん坊のために、啓助が自分で作った小さなカラクリ箱もあった。ゆりかごみたいなものだ。

「探索をしていて、長屋の大家から聞いたのだが、どうやら、ここは……おまえさんたちが、箱根から帰って来たら、驚かせてやろうと思って、黙ってたみたいなんだ」

と金四郎は、佐枝と源八を部屋の中に招き入れた。

「親方……」

源八は、俄《にわか》に厳しかった親方の顔や姿を思い出した。

普請場で金槌をふるっている源八に怒鳴る啓助の姿に、すぐ耳元で怒鳴られたかのように声が蘇《よみがえ》った。

「なにやってンだ、源八！　こんなもんしかできねえなら、とっととやめちまえ！」

「こんな仕事しかできねえなら、佐枝も嫁にやらねえぞ！」

「それでも大工か！　諦めるな！　前をみろ！　おまえは辛抱が足らねえんだ！」

「いつまで経っても、俺の技は盗めねえぞ！」

「源八！　半人前の癖しやがって、てめえにだけにゃ、佐枝はやらねえ！　半人前が色気づくな！」

などと様々な声が頭の芯に叩きつけられた。

改めて茫然となる源八に、金四郎はそっと語りかけた。

「それは、あんたを心から信頼してたからに違いねえ。後を継ぐのは源八しかいねえ。そう思ってたんだ」

「……」

「俺なんざ、親父に叱られたことなんぞねえ。親父はただ、怒ってただけだ……己の感情のままにな」

佐枝は泣き出しそうな目になって、それでも必死に嚙み殺して、行李《こうり》に丁寧に折り畳んで入れられていた、やはり新しい着物を見て、たまらず涙が溢れてきた。

「おとっつぁん……」

「親方！　俺、こんなことまでしてもらえるなんて……ガキの頃に、拾ってもらって……その上……親方ア！」

知らなかった親心に、改めて思いを馳せる佐枝と源八の目には、熱いものが込み上がってきた。

金四郎は安堵の溜息をついたが、どうしても許せない奴がいた。

松前屋の奥座敷では、権蔵の前で、岩吉とお藤が、わざとらしく泣いていた。

主人が死んだからではなく、自分たちが下手人扱いされたことへの悔し涙だった。

「私たちが旦那様を殺めたなんて⁉　そんな大それたこと！」

と岩吉がわめくと、お藤も連れて、

「そうですよ。あんまりですッ。第一、私は旦那様が、啓助という親方を殺したなんて事も信じてません！」

「そりゃそうだろうよ」

と権蔵は言った。

「鍋に毒を入れたのは、梨兵衛じゃねえ。岩吉、おまえだからな」

「ち、違う！」

「生半可《なまはんか》な話じゃ容赦しねえぞ！　おまえたち二人が旦那を快く思ってなかったのは、誰もが知ってるンだ」

「何をバカな」

「それに私たちには、殺された日に、旦那様に会ってない証がありますッ」

「私たち？　やはり、おまえたちは」

吐息で緊張をゆるめて姿勢を崩すお藤は、すべてを諦めたように、

「岩吉さん。こうなったら一切合切、権蔵親分、私はお話ししますよ。人殺しに

されるよりマシだからねえ」

七

金四郎は堺町の片隅にある、今はあまり使われていない『あずき座』という旅芸人のための小さな芝居小屋に来ていた。次郎吉も一緒である。

「じゃ、何かい、金の字。毒を入れたのは、岩吉だと？」

「村上の旦那に、連れて行かれたよ。もう言い訳は無理だろうよ。だが、梨兵衛を殺したのは違う」

「え？　じゃ、誰がやったと？」

「梨兵衛に生きてられちゃ困る奴。しかも、啓助親方を殺させたのは梨兵衛だと知ってる奴……の仕業に違いねえ」

「いってえ、誰なんだ？」

「いずれにせよ、抜け荷の一件と関わりあるはずだ」

「でも肝心の抜け荷が何処にあるか……」

金四郎は諦めかけた遠い目になって、

「親方がどういうカラクリを作っていたか、だな……次郎吉兄貴」

「なんでぇ」

「棚橋様に使いに行ってくれめぇか」

「あの道中奉行の？　どうして……しかも、こんな所に来るものか」

次郎吉が鼻で笑うのへ、金四郎は真顔になって、

「カラクリが分かりました。ついては、棚橋様にお立ち合い願いたい。そう言や、必ず来るからよ。あ、くれぐれも粗相のないように頼みやすよ」

道中奉行の棚橋が来たのは、それから二刻ほどしてからだった。

棚橋が立ち合う前で、金四郎が木槌で叩きながら蔵を改めている。

「忙しいところ、ご足労頂いて、ありがとうございます」

「松前屋が抜け荷をしていた、との事だが？」

「へい。その証《しょうこ》をご覧に入れたいと存じやす」

「先日、見逃してやると言うたのに、性《しょう》懲りもない奴だ」

「へい。それが性質《たち》なもので」

金四郎、傍らの次郎吉に頷くと、源八を招き入れた。

「この者は、大工の棟梁啓助の一番弟子、源八です」

「そうか」

「源八なら、師匠が作ったカラクリを見抜けるかと。道中奉行の棚橋様の目の前で、親方がこさえた隠し蔵を見つけて貰おうと思いやして」

「うむ……しかし、ここはただの芝居小屋。どうして、こんな所で？」

怪訝に見回す棚橋に、金四郎は言った。

「直に分かりますよ」

仕方なく、頷いて、床机《しょうぎ》に座る棚橋の前で、源八は緊張した面持ちで、蔵の壁、床、梯子《はしご》を使って天井、梁などを金槌で軽く叩きながら見て回った。

金四郎も啓助から、手ほどきを受けたことがある。大道具の立て方の基礎から、カラクリ舞台の作り方を。だが、それは素人が出来る程度のもので、人に見破られないものを作れる訳がない。

時間が虚しく経ってゆく。

棚橋はやがて、手持ちぶさたでうろうろするようになった。

「金四郎とやら。かような所に、まこと隠し蔵などあるのか？」

その時、蔵の一角の柱を触って源八の目がギラッとなった。

「何か、分かったのかい？」

と金四郎は気づいて、声をかけた。

「へい。この柱は、大道具を組み立てるのに何の支えにもなっていません。おそらく、これに……」

真剣なまなざしで柱に触れる源八は、手だけが入る僅かな隙間を見つけた。そして、指先を忍ばせると、柱の裏の小さな出っ張り棒に手が触れた。

「これだッ」

出っ張り棒を引くと、

——ギイッギイイッ。

と土壁がドンデンになって、奥に空間が現れた。しかも、そこには、夥《おびただ》しい抜け荷がある。細工物、ギヤマン、羅紗《ラシャ》、宝石、薬、毛皮などが、ごっそりとあるのだ。

源八は奇声を上げた。

「お、親方！　これだったんですね！」

と、目の前に啓助がいるかのように目を輝かせた。

「よくやったなあ、源八。さすがは、啓助親方の一番弟子だ」

棚橋も凝然と驚いて見ていた。

「いかがです、お奉行」

と金四郎は勝ち誇ったような顔になって、

「この芝居小屋は、丁度、松前屋の裏庭と続いていたのですねえ。ほら、三番蔵、がらんとしてましたでしょう。そこと繋がっていたとは……反対側の土壁のところから、三番蔵へ続いているはずです……いやあ、参りました」

「……」

「ご覧のとおりです、棚橋様。松前屋梨兵衛は、番所の厳しい検問を潜り抜け、こうして蓄財していたのです」

金四郎の説明に、棚橋は淡々と答えた。

「なるほど。実はわしも松前屋が怪しいと目を付けていたのだが、決め手がなくて手をこまねいていたのだ。しかし……」

「しかし？」

「当家の主が死んだからには、もはや縛ることはできぬ」

「いいえ。抜け荷を働く者は必ず仲間がおりやす」

「仲間？」

「仕入れる者がいれば金に換える者がいる。盗む者がいれば見張り役もいる。そういうもんでやしょ？」

「なるほど。それを、わしに探索せよと？」

「へえ。その通りです」

と睨むように見て、

「よろしくお願いいたしやす」

棚橋も見据えて、

「相分かった」


その三日後――。

金四郎の耳に飛び込んで来たのは、佐枝が家に帰って来ないという報せだった。

入って来る金四郎に、源八が摑みかからん勢いで、

「さ、佐枝が……！」

「次郎吉から聞いた。いつから帰って来ねンだ？」

「ゆんべ、湯屋に行ったっきり……おかしいと思って、夜通し親類だの知り合いを訪ねたんですが……」

金四郎が鋭い目になったが、源八は不安がこみ上げてきて、

「まさか隠し蔵のことで佐枝の身にも……佐枝に何かあったら俺は！」

「落ち着け、源八。必ず俺が探し出してやる」

そこへ、子供が来て、

「源八さんは？」

「俺だが？」

「ハイ」

と文を渡す。それを見た源八の顔がみるみる強張った。

「どうした、源八」

「いえ、なんでも……なんでも、ありません」

文を側の火鉢の中へ入れて燃やす。

何かを隠したのだが、人に言えないことが記されていたのであろう。今は、源八を責めることはできない。

金四郎は、すぐさま、芝居町に通じる川番所に向かった。

番役人たちが出入りの荷舟を検問しているのを、棚橋が監視していた。

一艘の小舟が来る。

役人が止めると、それには金四郎も乗っていた。

「これは棚橋様。直々のお役目、ご苦労様です」

棚橋は金四郎に気づいて、驚いたが、あえて平静を装った。

「いやあ、江戸って町は掘割の町だってこと、改めて感じやしたよ。掘割だと、松前屋と棚橋様の屋敷は、ほんの一町ほどなんでやすねえ」

「……」

金四郎は、船着場に降りて、

「ちょいと聞きたい事が」

「見ての通り、忙しいのだ」

「そんなに手間ァ取らせませんから」

番人詰所の前に来た金四郎は、泰然と構えている棚橋に、

「町方では梨兵衛殺しの下手人探しに躍起になっておりやすが、まるでお手上げの有様で」

「で、何を聞きたいのだ」

「松前屋の抜け荷一味の目星はつきやしたか？」

「鋭意探索しておる。焦らず待て」

「焦りたかねえんですが……その隠し蔵を作った親方の娘までが、行方知れずになってしまいやしてね」

探るような目になって金四郎は言った。

「俺は心配でしょうがねえんですよ」

「そんなことが、な」

一閃、視線がぶつかる二人は、お互いの腹の中を読み合っていた。

「ところで、棚橋様……何で松前屋は易々と抜け荷ができたんでしょうねえ……棚橋様は松前屋の荷を、他の荷船よりも容易に船番所を通していた、との話ですが？」

「誰がさような事を」

「船頭たちの噂ですがね」

「そんなことはない」

「番頭岩吉の話によりやすと、梨兵衛とは親密な仲だったとか。誰になぜ殺されたのか、気になりやせんか？」

「……」

「俺はこう思うんです。梨兵衛が、大工の親方殺しの下手人で捕まれば、抜け荷の事も全て露顕する。バレちゃまずい仲間が、殺したんだろうってね」

「そうかもしれぬな」

「それしかねえンですよッ」

と金四郎は強く言って、じっと見据えて、

「梨兵衛とは昵懇《じっこん》ですね？」

「知らぬ」

「おかしいなあ……あの三番蔵を建てるために、色々と骨を折ってるじゃないですか。蔵を新たに作るには、ご公儀の許しがいる。なかなか降りない許可を、棚橋様、あなたが懸命に申し立ててやすよね」

苛々と紅潮する棚橋は、小刻みに指先が震えていた。

「普請方でも確かめたんですよ」

「五街道も河川も蔵も江戸の商人の要《かなめ》だ。わしは道中奉行として仕事したまで。町人のおまえに政《まつりごと》が分かるのか」

「これは余計な事を……」

「ああ、余計な事だ。分かったら、帰れ」

控えていた家臣に目配せをした。それを受けてすぐ、

「立ち去れ、下郎！」

と、今にも抜刀しそうな緊張の顔の家臣に詰所から追い出された金四郎は、はたと振り返って、

「あ、そうだ、棚橋様。松前屋のような隠し蔵は、大店ならよく作るカラクリだとか。もうひとつ別の仕掛けがあったんです。聞きたかねえですか？」

棚橋は平然としている。

「でしょうねえ……あんたも承知してんですから」

「いい加減にせい、金四郎」

金四郎はもう一度、ぎっと睨みつけて、

「はっきり言うぜ、棚橋！　いずれ、おまえをグウの音も出ねえようにしてやる。松前屋殺しの下手人としてな」

険しい顔でサッと踵《きびす》を返す金四郎の目は、さらにぎらついた光で溢れていた。

八

その日の真夜中である。武家屋敷の裏手でのことだった。そこは、棚橋邸の裏

手で、掘割に面していた。

小舟で来た源八は、水面の舟止めの木を傾けた。すると、土塀がずれて水路が現れた。そこへ、源八は丁寧に漕ぎ入れた。

洞穴の中を、小舟を漕いで来た源八は、船着場に降りて、さらに奥に歩き出した。

そこは、棚橋の屋敷の土蔵に繋がっており、床板が開くと、そこから続く階段を、源八は登って行った。

源八が見回して、目を凝らすと、奥まった陰の中に、棚橋が立っていた。

「よく来たな。文は」

「書かれてた通り……も、燃やしました」

「佐枝の命が大事なら言うことを聞け。よいな」

薄暗い蔵の片隅に、佐枝が縛られて座っていた。

「源八さん！」

「このカラクリは綺麗に潰し、別の仕掛けを作って貰おうか。松前屋の代わりは幾らでもいるからな」

「そんな事をしちゃダメ！」

と佐枝は叫んだが、棚橋は冷徹に、

「やるな？　でないと、佐枝は死ぬ」

「だめよ、源八さん……おとっつぁんだって、抜け荷のためだと知っていたら、作らなかったはず。おとっつぁんは日本一の、芝居のカラクリ舞台師だったんだから！」

「……」

「どうする、源八」

と佐枝の首に白刃があてがわれた。源八は緊張をしながらも、必死に訴えた。

「しょ、承知で来たんです。佐枝は……助けて下さい」

その時――。

足音がして、前庭に金四郎と次郎吉が駆け込んで来た。

それを追って、家臣たちも来た。

「源八！　おまえは親方の一番弟子のはずだぜ！」

ハッと我に返った源八は、

「金四郎さん……」

「様子がおかしいから、尾けて来たんだ……棚橋様……松前屋とあんたは一心同体。こっちの蔵には黄金の山ってことかい？」

舌打ちをした棚橋は、

「やむを得ぬ。そこな金四郎を怨めッ」

と佐枝を斬ろうとする棚橋に、金四郎が独楽《こま》を投げつけた。

ブンッ――！

金四郎の独楽の芯が棚橋の手首を直撃して、剔《えぐ》るように回転した。

「ウワッ」

刀を落とすが、家臣に、

「何をボサッと見ておる。構わぬ、斬り捨ててしまえ！」

だが、家臣はその場で土下座をして、

「殿！　お見苦しい真似はもうおやめ下さい！」

塀の外にズラリ御用提灯が掲げられていた。

ハッと見やる棚橋は、慌てて落とした刀を拾った。

「貴様……本当は何者だ？　ただの遊び人じゃあるまい」

「ガキの頃から曲がった事がでぇ嫌いでね。中でも、偉ぇ役人が悪さをするのが一番気に入らねえンだよ！」

「フン。青臭い正義か……虫酸《むしず》が走るわ」

素早く刀を握り直す棚橋が、いきなり居合いで金四郎に斬りかかってきた。寸前、紙一重でかわす金四郎に、猛烈な勢いで斬り込む棚橋の顔は夜叉《やしゃ》のようだった。

だが、金四郎は長い鉄煙管《てつぎせる》で刃を受け止めた。棚橋の豪腕がぐいぐい押して来て、金四郎の喉元まで来る。

それを懸命に押し返す金四郎は、喘《あえ》ぐように、

「盗人にも三分の理ってえが……おまえにかける情けは露ほどもねえよ！」

「ほざけ！」

刀を振り上げた一瞬、金四郎の煙管の先が喉を突いた。

「ウグッ！」

悶絶して崩れる棚橋に、「御用だ」「御用だ」と捕方が乗り込んで来て躍りかかる。そして、まだ抗《あらが》う棚橋を、同心の村上がぐいと取り押さえた。

「金の字。また、余計なことをしやがったな」

そう言う顔は笑っていた。

彫長のしなやかな指が、桜の花を彫り終えた。花びらが、丁度薄紅の羽のようにも見えた。

「桜は散っちまったけれど、金さんの背中には、わずか一輪、咲いたままだねえ」

「いいねえ」

「なんだか、もっと咲かせたい気もしますよ」

「なあ、あんたの名はなんだい？」

「彫長ですよ。父を継いで、二代目彫長」

「そうじゃなくて、本当の……」

と言いかけたとき、ふと動いた彫長の着物の裾から、白い内股がちらりと見えた。その時、ほんの一瞬だけ、蝶《ちょう》が羽ばたいたように見えた。

蝶の彫り物か――。

「蝶……お蝶さんか」

「ふん」

曖昧《あいまい》な笑みを返したとき、長屋の外から、

「金四郎様、大変、金四郎様ア！」

と千登勢の声がする。

「あら、また来ちゃったわねえ。お邪魔？」

彫長はそっと金四郎の背中に着物を着せた。

遠慮なくパッと表戸を開くと、千登勢がなぜか溢れんばかりの笑顔で、

「ねえねえ、来て来て」

「なんだよ」

「ほら、彫長さんも早く早く。五十年、いや、百年に一度の珍事だよ」

「ん？」

「二度咲きの桜……早く早く！」

彫長が窓を開けると、その向こうに広がる大川の土手に、たった一晩で咲いた満開の桜が乱れていた。その美しい威容に、あちこちから駆け寄って来る人々の驚嘆の声が聞こえる。

金四郎もぶらり立ち上がって眺めた。

「こりゃ、絶景だ……」

何か好いことが起きそうな予感がした。

この作品は双葉文庫のために書き下ろされました。

双葉文庫

い-33-04

金四郎《きんしろう》はぐれ行状記《ぎょうじょうき》

大川桜吹雪《おおかわさくらふぶき》

2006年10月20日　第1刷発行

【著者】
井川香四郎《いかわこうしろう》

【発行者】
佐藤俊行

【発行所】
株式会社双葉社
〒162-8540 東京都新宿区東五軒町3番28号
[電話]03-5261-4818(営業) 03-5261-4833(編集)
[振替]00180-6-117299
http://www.futabasha.co.jp/
(双葉社の書籍・コミックが買えます)

【印刷所】
慶昌堂印刷株式会社

【製本所】
株式会社ダイワビーツー

【表紙・扉絵】南伸坊
【フォーマット・デザイン】日下潤一
【フォーマットデジタル印字】飯塚隆士

ISBN4-575-66257-7 C0193

秋山香乃
からくり文左 江戸夢奇談
黄昏に泣く
長編時代小説
〈書き下ろし〉
文左の剣術の師にあたる徳兵衛が失踪した日の夕刻、文左と同じ町内に住む大工が、酷い姿で堀に浮かぶ。シリーズ第二弾。

井川香四郎
洗い屋十兵衛 江戸日和
逃がして候
時代小説
〈書き下ろし〉
やむにやまれぬ事情を抱えたあなたの人生、洗い直します——素浪人、月丸十兵衛の人情闇裁き。書き下ろし連作時代小説シリーズ第一弾。

井川香四郎
洗い屋十兵衛 江戸日和
恋しのぶ
時代小説
〈書き下ろし〉
辛い過去を消したい男と女にも、明日を生きる道は必ずある。我が子への想いを胸に秘めて島抜けした男の覚悟と哀切。シリーズ第二弾。

井川香四郎
洗い屋十兵衛 江戸日和
遠い陽炎
時代小説
〈書き下ろし〉
今度ばかりは洗うわけにはいかない。番頭風の男は、十兵衛に大盗賊・雲切仁左衛門と名乗ったのだ……。好評シリーズ第三弾。

池波正太郎
熊田十兵衛の仇討ち
時代小説短編集
熊田十兵衛は父を闇討ちした山口小助を追って仇討ちの旅に出たが、苦難の旅の末に……。表題作ほか十一編の珠玉の短編を収録。

岡田秀文
本能寺六夜物語
連作時代短編集
本能寺の変より三十年後に集められた、事件に深く関わる六人は何を知っていたのか!? 第21回小説推理新人賞受賞作家の受賞後第一作。

勝目梓
天保枕絵秘聞
長編官能時代小説
天才枕絵師にして示現流の達人・淫楽斎が、モデルに使っていた女性を相次いで惨殺され、真相を追うことに。大江戸官能ハードボイルド。

細谷正充・編

傑作時代小説
大江戸殿様列伝

時代小説
アンソロジー

実在する大名の行状に材をとった傑作揃い。池波正太郎、柴田錬三郎、佐藤雅美、安西篤子、神坂次郎ら七人の作家が描く名短編。

松本賢吾

はみだし同心人情剣
仇恋《あだこい》十手

長編時代小説
〈書き下ろし〉

阿片中毒患者が火盗改に斬られる事件が、三件続く。江戸の街を阿片で混乱させる一味に挑む駒次郎が窮地に！ 好評シリーズ第四弾！

宮城賢秀

吉宗の御庭番
血陣

長編時代小説
〈書き下ろし〉

八代将軍徳川吉宗の手足となって諸国を巡り、縦横無尽の活躍をみせる御庭番・柾城左近たちの暗闘を描く。シリーズ第一弾！

三宅登茂子

小検使《しょうけんし》 結城左内
山雨《さんう》の寺

長編時代小説
〈書き下ろし〉

丹後宮津藩主松平宗発から小検使に任じられた結城左内は役目の途次、雷雨を凌ごうとした廃寺で内偵中の男に出くわす。シリーズ第一弾。

吉田雄亮

聞《き》き耳《みみ》幻八《げんぱち》浮世鏡《うきよかがみ》
黄金小町《こがねこまち》

長編時代小説
〈書き下ろし〉

御家人の倅、朝比奈幻八は、聞き耳幻八と異名をとる読売の文言書き。大川端に浮かんだ女の死体の謎を探るが……。シリーズ第一弾。

六道慧

浦之助手留帳
小夜嵐《さよあらし》

長編時代小説
〈書き下ろし〉

老舗の主が命を狙われている——。浅草三好町で悠々自適の隠居暮らしを送る浦之助が、鮮やかに捌いてみせる男女の仲。シリーズ第四弾。

和久田正明

火賊《ひぞく》捕盗《ほとう》同心《どうしん》捕者帳《とりものちょう》
海鳴《うみなり》

時代小説
〈書き下ろし〉

盗賊・いかずちお仙を、いま一歩のところで取り逃がした火盗改め同心・新免又七郎の必死の探索を描く好評シリーズ第二弾！